Les Éditions du Boréal
4447, rue Saint-Denis
Montréal (Québec) H2J 2L2
www.editionsboreal.qc.ca

JOUR DE CHANCE

Nicolas Charette

JOUR DE CHANCE

nouvelles

Boréal

Les Éditions du Boréal reconnaissent l'aide financière du gouvernement du Canada par l'entremise du Programme d'aide au développement de l'industrie de l'édition (PADIÉ) pour ses activités d'édition et remercient le Conseil des Arts du Canada pour son soutien financier.

Les Éditions du Boréal sont inscrites au Programme d'aide aux entreprises du livre et de l'édition spécialisée de la SODEC et bénéficient du Programme de crédit d'impôt pour l'édition de livres du gouvernement du Québec.

Dépôt légal : 1er trimestre 2009
Bibliothèque et Archives nationales du Québec

Diffusion au Canada : Dimedia
Diffusion et distribution en Europe : Volumen

Catalogage avant publication de Bibliothèque et Archives nationales du Québec et Bibliothèque et Archives Canada

Charette, Nicolas, 1980-

Jour de chance : nouvelles

ISBN 978-2-7646-0642-1

I. Titre.

PS8605.H367J68 2009 C843'.6 C2008-942525-1

PS9605.H367J68 2009

J'avais hésité quelques minutes avant de lui demander si c'était bien lui. Le métro était bondé. Il était assis juste en face de moi. Il devait trouver bizarre que je le dévisage ainsi. Habituellement, je baisse le regard devant les étrangers. Mais quelque chose me disait que c'était bel et bien lui. C'est son magazine de poker qui a d'abord attiré mon attention, puis j'ai remarqué, à côté de sa grosse valise en aluminium, un trépied pour appareil photographique. Je savais qu'Ozzman75 habitait New York. Même s'il devait y avoir des centaines de photographes à New York qui jouaient au poker sur Internet, il me semblait que c'était lui. Je ne saurais dire pourquoi, mais il était tel que je l'avais imaginé. Un jeune homme de belle allure dans la vingtaine avancée. Il portait des jeans et des souliers ordinaires, mais son chic blouson en suède noir lui donnait un look branché. Il passait parfois la main dans ses cheveux en bataille et feuilletait rapidement son magazine, portant souvent son regard intelligent autour de lui. Près de nous, une femme splendide que j'avais remarquée le regardait avec un intérêt évident.

Il a finalement plié sa revue en deux, l'a mise dans la poche intérieure de son blouson et il est sorti à Penn Station. Je l'ai suivi en murmurant : « Ozzman... » La première fois, il ne m'a pas entendu. Alors, j'ai répété un peu plus fort, trop fort, m'a-t-il semblé. Il s'est retourné et je me suis approché en souriant. Ses yeux étaient ronds comme des billes et méfiants. Il a déposé sa valise à ses pieds et a agrippé son trépied à deux mains, comme s'il allait me balancer un coup.

— Salut, Ozzman ! que j'ai dit.

— Salut, a-t-il dit d'un ton surpris et interrogateur. Do I know you ?

— Hé hé ! Tu peux parler français ! C'est moi, André ! AndréKing !

Il est resté silencieux. Il me scrutait de haut en bas et regardait nerveusement autour de lui.

— AndréKing ! Sur PartyPoker !

— AndréKing ? Hein ? Qu'est-ce que tu fais ici ? Comment tu sais qui je suis ?

Il me fixait d'un air étrange. Il avait l'air de me prendre pour une sorte de fou. J'ai senti qu'il me fallait répondre vite.

— Je sais pas, c'est un hasard ! Un méchant hasard ! Je suis en visite à New York pour la semaine, pis là je t'ai vu, pis j'ai remarqué que tu lisais un magazine de poker… Je me suis dit que c'était peut-être toi, parce que tu m'avais déjà dit que tu habitais à New York, une fois qu'on avait tchatté… Alors, j'ai dit ton nom pour voir si c'était toi… Un méchant hasard, j'te dis ! J'en reviens pas !

Il me fixait toujours, silencieux. On aurait dit qu'il doutait, comme s'il vérifiait si c'était du bluff. Il faut croire qu'il n'avait pas la même certitude quant à mon identité. J'ai sorti mon portefeuille, pour lui montrer mon permis de conduire.

— AndréKing ! ai-je répété. De Montréal ! Mon vrai nom, c'est André Juteau. Sur PartyPoker… On jouait souvent au *Texas Hold'em* sur les tables à 10 $-20 $ *All-In*…

— Oui oui… Je me rappelle d'AndréKing. J'en reviens juste pas que tu m'aies trouvé…

— Hé hé ! J'te cherchais pas ! C'est vraiment un hasard !

Il semblait s'être détendu. Quelque chose dans son regard avait changé, mais je ne saurais dire quoi. Il a accoté son trépied sur son épaule et il a ri.

— Ça va, AndréKing ? qu'il a dit en me présentant la main.

— Ben oui, ça va ! Certain ! J'en reviens pas encore...

— Moi non plus !

Et nous nous sommes serré la main vigoureusement, comme si nous étions de vieux amis. Je ne sais pas pourquoi, mais j'étais très ému. Ozzman75 ! Dans le temps où je jouais, il était souvent là, le matin, à la même table que moi. Il avait un style très agressif. Et beaucoup de chance, il faut l'avouer. Il arrivait même que certains habitués quittent la table lorsqu'il s'y présentait. Moi, je restais parce que je le considérais comme un ami. C'était l'un des rares qui parlaient français. J'ai su, en clavardant une fois avec lui, qu'il était de Trois-Rivières et qu'il avait déménagé à New York pour poursuivre sa carrière de photographe. Il travaillait notamment pour des magazines de mode. Ce type était vraiment quelque chose ! Je me rappelle une main du tonnerre qu'il avait eue une fois au *Texas Hold'em* : un carré de cinq. Je n'avais perdu que cinq cents dollars, mais un joueur plus téméraire s'était engagé avec lui dans un combat de mises, relance sur relance, puis tout en jeu, *All-In* ! Le type avait perdu six mille dollars avec son brelan d'as. Je me rappelle que, cette nuit-là, j'avais pensé au perdant : je me demandais si cette perte le mettait dans la merde, s'il avait une femme et des enfants... Je ne sais pas pourquoi, mais je repense souvent à cette main. Ozzman75... Et il était là, devant moi ! J'étais curieux de savoir s'il était riche. Une espèce de jubilation montait en moi. Ça n'augurait rien de trop bon, maintenant que j'y pense, mais sur le moment, j'étais tellement excité par cette rencontre que je n'ai porté aucune attention à ce qui se passait en moi. C'était tout de même une incroyable coïncidence !

— Qu'est-ce que tu fais à New York ? Toujours dans la vente ? m'a-t-il demandé.

— Non, je ne vends plus. Je prends des vacances… Toi ? Toujours photographe ?

— Oui oui, toujours photographe…

— C'est bien, c'est bien…

— Oui… J'aime ça. J'aime ben ça ici…

J'étais surpris qu'il se rappelle que j'étais vendeur. Cela devait faire au moins six mois que j'avais joué sur le Net pour la dernière fois. Je brûlais d'envie de lui demander s'il était toujours aussi gagnant au poker, mais je m'en suis abstenu, par politesse ou par prudence, je ne sais pas trop. J'avais tout de même envie de lui parler et d'en savoir un peu plus. Il me regardait curieusement, comme s'il allait dire quelque chose, mais il n'a rien dit. J'avais l'impression qu'un silence trop prolongé aurait pu créer un malaise.

— Est-ce que t'as le temps de prendre un café ? Je sais pas trop où, par contre ; mon hôtel est au New Jersey et c'est seulement la deuxième journée que je suis à Manhattan…

— Écoute, j'ai un rendez-vous dans une heure, mais j'allais justement manger… Accompagne-moi. On pourra jaser, qu'il a dit en me tapant sur le bras.

Je l'ai donc suivi, un peu à la traîne au début parce qu'il marchait très vite, comme tout le monde ici. À un feu rouge, il m'a expliqué qu'il devait faire un *photoshoot* aujourd'hui, avec une top-modèle dont je ne connaissais pas le nom. Je lui ai posé quelques questions sur New York et sur son emploi. Nous bavardions en marchant, évitant machinalement les passants que nous croisions. Sa carrière semblait bien se porter. Il me nommait des gens célèbres pour qui il avait bossé dans Manhattan, des gens que je ne connaissais pas, évidemment. Étrangement, je me sentais comme un New-Yorkais, juste du fait d'être en sa présence. J'étais anormalement confiant. Je regardais les femmes droit dans les yeux. L'une d'elles, une grande rousse en tailleur, m'a même souri ! Ozzman et moi sommes enfin entrés dans un petit restaurant italien de la Septième Avenue.

L'hôtesse nous a placés près de la fenêtre, d'où nous pouvions voir le fourmillement des passants sur le trottoir. Je n'étais pas encore habitué à la bruyante agitation de cette ville. Même une fois assis à l'intérieur du restaurant, il m'arrivait de me tourner brusquement vers la rue lorsque j'entendais klaxonner. Puisque j'avais déjà mangé, je n'ai commandé qu'un bol de soupe avec une bière en fût. Ozzman a pris une salade, des raviolis primavera et un verre de vin blanc. Il me demandait des nouvelles de la politique au Canada et au Québec, mais je sentais un certain désintérêt de sa part, comme s'il ne parlait que pour combler le silence. Aussi je répondais de façon très évasive, étant très peu au courant de l'actualité, locale ou internationale. Puis j'ai parlé de ma présence ici, précisant qu'il y avait longtemps que je désirais voir New York. Je savais qu'il m'écoutait peu.

— Est-ce que tu joues encore sur PartyPoker ? m'a-t-il demandé soudainement, alors que je lui parlais de ma visite au Metropolitan Museum of Art.

— Non… J'ai arrêté ça. Ça devenait un peu compliqué chez nous…

— Ta femme, hein ?

— Oui, entre autres, ai-je répondu. Et toi ?

— Non, moi non plus… Maintenant je joue sur PokerStars… Tu connais ?

— Oui, j'ai vu l'annonce à la télé. Pourquoi t'as changé de site ?

— Ah… Je trouvais que les méthodes de paiement étaient trop limitées sur PartyPoker… a-t-il dit en buvant une gorgée de vin, le regard déviant vers les passants sur le trottoir.

— Les méthodes de paiement… Tu veux dire pour encaisser tes gains ou pour miser de l'argent ?

— Pour miser. Mais toi, tu joues plus du tout, André-King ? qu'il m'a demandé d'un air étrangement complice.

— Non… Ah ! la soupe…

Pendant que le serveur saupoudrait du parmesan râpé sur les raviolis, j'ai pensé que son histoire de « méthodes de paiement » cachait sûrement quelque chose. Dans mon souvenir, PartyPoker n'imposait aucune restriction quant aux montants que les joueurs désiraient miser. Peut-être qu'Ozzman faisait référence aux restrictions qu'un usager peut s'imposer lui-même, par peur de perdre la maîtrise. Vers la fin, alors que je tentais de me « refaire » en jouant « raisonnablement », il m'arrivait d'avoir recours à cette option, grâce à laquelle j'exigeais de PartyPoker qu'il m'interdise de miser plus que cent dollars par jour. Quand Ozzman a dit au serveur qu'il avait assez de parmesan, j'ai failli le questionner au sujet des mises, mais au fond, ce n'était pas de mes affaires. J'ai émietté deux biscottes dans ma soupe aux légumes en me demandant comment faire bifurquer la conversation vers lui ; lui et le poker. Gagnait-il autant que je l'imaginais ?

— Je viens de me rappeler une fois où tu avais fait perdre six mille dollars à un type avec un carré de cinq. Tu t'en souviens ? ai-je demandé avant de souffler sur ma soupe pour la refroidir.

— Six mille dollars… Je m'en souviens vaguement… C'était qui ?

— Je ne sais pas. En plus, il me semble que c'était l'une des premières mains du type à notre table ! Il a quitté immédiatement après…

— Oui oui… Ça me revient, je crois. Il avait un brelan, c'est ça ?

— Oui, un brelan d'as !

— Une bonne pêche ! qu'il a dit, un peu comme si ce genre de gain était routinier pour lui. En plus, il avait eu son brelan sur la rivière ! Il était sûr que je bluffais, le gars.

Nous avons mangé très vite. Il semblait pressé. Après avoir terminé ma soupe, j'ai bu ma bière à petites gorgées, mais très rapidement. Nous étions incapables de reprendre une conversation quelconque, comme gênés par ce silence qui grandissait entre nous deux. Il a regardé sa montre du coin de l'œil à deux reprises. Lorsqu'il a terminé son repas, j'en étais à la moitié de ma deuxième bière. Je lui ai alors demandé, d'un coup, comme ça :

— Tu gagnes encore beaucoup au poker ?

Il a souri, s'est essuyé le coin de la bouche avec sa serviette de table et a regardé autour. Il s'est penché un peu vers moi et a baissé la voix d'un ton :

— Écoute, je gagne pratiquement à tout coup. Il suffit de savoir où jouer, tu sais…

— Qu'est-ce que tu veux dire ?

— Y a des gars qui connaissent rien à tout ça, des gars qui jouent avec leurs couilles plutôt qu'avec leur tête… Le poker, c'est avec la tête.

— Oui, mais sur PartyPoker, les gars connaissaient ça, quand même… SmithMaster, AceCarlos, ElPogo… C'étaient des bons joueurs, non ?

Il a reculé sur sa chaise et a fait un signe au serveur, pour l'addition.

— Oui oui, vous étiez quand même des bons joueurs de poker... Mais pourquoi tu ne joues plus ? m'a-t-il demandé, d'un air qui me semblait moqueur, voire supérieur.

— C'est pas que je jouerai plus... Je vois plutôt ça comme un *break*... ai-je dit en regardant le sachet vide de biscottes.

— Écoute, André... a-t-il dit en se penchant vers moi. Ce soir, je vais jouer chez des amis à moi. Des amis assez riches... Des vrais poissons ! Y a un mois, j'y ai fait cinq mille dollars en trois heures. On joue au *Texas Hold'em*, comme sur Internet. Si t'as un petit mille de côté, tu peux facilement le faire doubler, sinon tripler ! J'te dis, des poissons, ces gars-là ! En plus, ils sont riches à craquer ! Des jeunes requins à la Bourse, mais du plancton au poker ! qu'il a dit en pouffant de rire et en se relevant quand le serveur s'est approché.

— Je sais pas... Je pense pas, que j'ai dit.

Nous avons payé nos additions et nous sommes sortis. Il avait un cure-dent dans la bouche. Je sais que c'est ridicule, mais j'ai regretté de ne pas en avoir pris un moi aussi. J'avais plutôt choisi le bonbon à la menthe, mais il y avait cet horrible chocolat à l'intérieur qui s'est répandu dans ma bouche quand je l'ai croqué.

— Pis, AndréKing ? T'en dis quoi ? Un petit deux mille dollars... Vite fait ! J'te dis, c'est un gain assuré.

— Je sais pas trop...

Je l'ai regardé en me disant que c'était peut-être lui le requin et moi le plancton. Mais Ozzman n'était peut-être pas un si grand joueur que ça. Après tout, pourquoi avait-il quitté PartyPoker ? Autant je me disais qu'il était de calibre semi-professionnel, autant je trouvais qu'il était plutôt louche, peut-être magouilleur. La jubilation que j'avais ressentie plus tôt avait disparu. J'étais angoissé jusque dans les os. Je ne tenais pas en place. Ma jambe tremblait un peu. J'avais à l'hôtel un chèque de voyage de deux mille dollars, que j'aurais facilement pu encaisser à la réception. Je regardais Ozzman dans les yeux, pour voir s'il bluffait. Je n'en revenais toujours pas de l'avoir rencontré par hasard. Était-ce un signe ?

— Écoute, André, je dois y aller, a-t-il dit en regardant sa montre TAG Heuer. Je te laisse mon numéro. Je serai disponible vers 18 heures. La partie commence à 21 heures. C'est dans SoHo. Appelle-moi, OK ? J'te dis, tu le regretteras pas. Je peux même passer te chercher à ton hôtel…

Et il m'a donné sa carte que j'ai mise dans ma poche sans la regarder. Je lui ai demandé comment faire pour retourner au métro, parce que j'étais déjà perdu. Il m'a dit où aller, nous nous sommes serré la main, puis il est parti dans la direction opposée, avec son trépied et sa grosse valise. Je marchais très lentement parmi les passants pressés. Mille dollars en une soirée, ce n'était pas rien… Je me disais qu'avec Ozzman à mes côtés, je ne risquais rien. Je pensais à mon chèque de voyage, caché dans ma valise à l'hôtel, dans mon livre de Guy Corneau. Je me suis imaginé avec Ozzman et plusieurs jeunes hommes aux cheveux lissés, au teint bronzé, portant de chic chemises blanches et fumant le cigare. Je voyais les jetons sur le doux tapis vert de la table de jeu, le bruit qu'ils faisaient en s'entrechoquant dans ma main, en attendant la donne… J'en ai eu un long frisson. Je me sentais puissant, comme si j'étais au seuil d'un grand changement dans ma vie.

Mais voilà que rendu à un feu rouge, j'ai été incommodé par le flot interrompu des piétons agglutinés autour de moi. Sans faire exprès, une femme derrière moi m'a accroché et j'ai à mon tour bousculé un homme devant moi, qui s'est simplement retourné sans rien dire et sans prêter attention à mes excuses. L'homme était grand et il m'empêchait de voir les feux de circulation. J'ai commencé à sentir une lourde pression sur ma poitrine et j'ai cru que j'allais suffoquer. J'ai regardé les façades titanesques des immeubles et j'ai éprouvé un grand vertige. Je me sentais petit, incroyablement minuscule. J'ai pensé à l'effondrement des deux tours le 11 septembre, à cette énorme masse de béton tombant en pleine ville et au dense nuage de poussière qui avait englouti les rues. Puis, tous les bruits autour de moi ont semblé s'intensifier. Les gens qui parlaient dans leurs cellulaires, les moteurs des automobiles, les coups de klaxon, un crissement de pneus... Ma tête s'est mise à tourner. J'ai eu peur de perdre connaissance. C'est un passant qui m'a fait revenir sur terre : « Move, for Christ's sake ! » qu'il a dit en me bousculant. J'ai traversé la rue aussi vite que tout le monde, mais encore étourdi, et j'ai pris le métro jusqu'à l'hôtel. Est-ce que j'irais jouer ? Mes mains tremblaient. J'étais couvert de sueur. Puis j'ai mis les mains dans mes poches. J'ai sorti la carte d'Ozzman75. C'était une sobre carte d'un ton crème. Au-dessus du numéro de téléphone était écrit en lettres dorées : « Justin Trudel, photographe ».

En rentrant dans ma chambre, j'ai jeté la carte d'Ozzman75 dans la cuvette et j'ai tiré la chasse. Je n'ai pas dormi de la nuit. Je suis resté dans ma chambre. J'ai marché, j'ai écouté le basket-ball, j'ai essayé de lire, j'ai regardé mon chèque de voyage. J'ai écrit cinq lettres à ma femme et je les ai toutes déchirées. Enfin, j'ai pris une douche.

Je sentais que j'allais enfin pouvoir dormir. Je regardais, du haut de ma chambre d'hôtel, les premières lueurs du jour éclairer les gratte-ciels de Manhattan, au loin. J'ai appuyé ma tête contre la large fenêtre qui me séparait de l'extérieur. Je pensais à ce qui arriverait demain, me demandais si ma femme me reprendrait, si mes enfants me reparleraient, si la banque me prêterait de nouveau de l'argent, si je me trouverais un nouvel emploi, si... Mais soudain, le vertige m'a repris. J'ai eu l'impression qu'à tout moment la vitre pouvait se décoller et me faire basculer dans le vide. J'ai reculé et je me suis assis dans le fauteuil. J'ai inspiré et expiré, lentement.

Enfin, je suis allé me coucher. C'était tout ce que je pouvais faire.

La vie en rose

Elle était devant le miroir et achevait de se coiffer; elle appuya délicatement la main sur sa solide boule de cheveux crépus pour s'assurer qu'elle resterait bien ronde et ferme. Elle examina son visage sous plusieurs angles. Le fond de teint tenait bon, mais il fallait remettre du rouge à lèvres. Lorsque sa main charnue fouillait dans la trousse de maquillage, les mascaras, les fards, les crayons et les rouges à lèvres se mélangeaient dans un cliquetis. Elle appliqua une généreuse couche de rouge sur ses lèvres et envoya un baiser vers son reflet dans le miroir. Elle sortit ensuite un crayon noir de sa trousse et dessina un grain de beauté sur sa joue, au-dessus de sa bouche. Elle trouvait que cela lui donnait un petit air de vedette de cinéma. Il faut bien se faire plaisir et rêver un peu, se disait-elle. Ça ne fait de mal à personne d'être coquette de temps à autre. Elle pouffa d'un rire nerveux en éteignant la lumière. Si Gaston était là, pensa-t-elle, il aurait sûrement dit : « Viens icitte que j't'embrasse, ma belle fofolle ! » À cette pensée, Yvette alla s'affairer à la cuisine et passa la guenille sur tous les comptoirs en mélamine, pourtant déjà impeccables.

La maison était en ordre, mais Yvette y trouvait toujours quelque chose à faire. De vieilles photos à classer dans des albums, des plantes à changer de pot, des boîtes poussiéreuses dans le grenier à rouvrir pour en identifier le contenu, des petits meubles à changer de place (« juste pour changer d'air ! » disait-elle)... Et toujours cet époussetage ! Elle ne comprenait pas pourquoi tant de poussière entrait dans leur maison. La pollution y était pour quelque chose, elle en était certaine.

Yvette avait sorti le balai Oscar. Elle balayait lentement, absorbée par cette tâche quotidienne, glissant l'ingénieux triangle de poils dans tous les recoins. Elle tira le confiturier pour balayer derrière. Elle adorait ce petit meuble en bois ; elle l'ouvrait souvent pour en sentir l'intérieur. Gaston l'avait construit l'année de leur mariage, il y avait de cela trente-quatre ans. Elle déverrouilla la serrure à l'aide de la vieille clé en bronze, au panneton à deux dents, qu'elle gardait toujours sur elle. La petite porte couinait en s'ouvrant, puis, immanquablement, la forte odeur du pin verni l'enveloppait et éveillait en elle, pour un moment, le bonheur flou d'une époque révolue. De vagues réminiscences remuaient malgré elle dans sa mémoire : quelque chose comme le crépitement d'un feu, l'écho sourd de bouteilles qui s'entrechoquent ou le clapotis des vagues d'un lac. Peut-être même la chaude voix de Gaston ? Elle n'aurait pas su dire... Tout cela était doux, mais fugace, se dérobant à elle tout juste avant d'atteindre sa conscience, comme si l'odeur du confiturier ne faisait qu'effleurer sa mémoire, la chatouillant sans jamais y évoquer un souvenir durable. Yvette huma une autre fois le parfum viril et réconfortant du bois mûri avant d'ouvrir les yeux. Elle aperçut quelques grains de poussière qui s'étaient posés sur la bouteille de Rémy Martin. Elle retourna à la cuisine pour prendre un linge humide, qu'elle passa ensuite sur chacune des neuf bouteilles en regardant le liquide ambré s'agiter à travers la lumière du soleil. Parfois, le cognac glougloutait sourdement dans sa bouteille, entre les mains d'Yvette. C'était un son discret, doux comme un murmure. Elle replaça méticuleusement les bouteilles à l'intérieur du confiturier, respirant de nouveau l'odeur du pin vieilli, avant de le verrouiller.

Le ménage du rez-de-chaussée achevait lorsque Suzanne appela. Yvette mit sa guenille dans le seau d'eau chaude, enleva ses gants en caoutchouc jaunes et quitta son plancher pour aller répondre :

— Salut, Yvette, c'est Suzanne ! Ça va ?

— Allo ! Ben oui, ça va, ben oui…

— Heille, y fait-tu assez beau à ton goût, ma belle ?

— Ben oui, le soleil est sorti pour de bon, faut croire ! Va falloir que je fasse attention avec mon allergie ; j'ai assez la peau sensible !

— Ben oui, va falloir… J'suis allée prendre un p'tit café avec Denise pis Rollande…

— Ah oui ? Vous êtes allées où ?

— Au Tim… T'aurais-tu aimé venir ? Maudit ! J'étais assez à course que j'ai même pas pensé t'appeler. J'en avais par-dessus 'a tête avec mes commissions pis là j'ai croisé Denise… pis là a' m'a invitée… T'aurais-tu aimé venir ? C'était juste un p'tit café !

— Non, non… C'est pas pour ça que j'disais ça, Suzanne. J'ai tellement de ménage à faire… Notre maison est assez sale ! J'ai juste dit ça pour jaser… Denise pis Rollande vont bien ?

— Oh oui ! Le plus jeune à Denise s'en va en droit l'automne prochain. Te rends-tu compte ! Un autre p'tit Gauthier qui va être avocat !

— Ah ben ! C't'une bonne nouvelle, ça ! dit Yvette, faiblement.

— Certain !

— Ben oui… C'est sûr…

— Rollande, elle, a' va bien, comme d'habitude… A pas

à se plaindre, t'sé… Son homme commence à prendre du mieux. Y trouve quand même ça dur de pas travailler… Y paraît qu'y bizoune en masse dans' maison! Rollande y trouve des choses à faire…

— Ah ben, tant mieux, tant mieux…

— Ben oui…

— …

— Pis toi, Yvette? demanda nerveusement Suzanne. Dis-moi pas que t'es encore dans le ménage! Y m'semble qu'a' doit commencer à être propre, ta maison!

— Ben, y faut, y faut! Ça se fera pas tout seul, ça, t'sé! Faut ben que quelqu'un l'fasse! répondit Yvette, plus fort.

— Ben oui, mais, ma pauvre Yvette… Tu peux pas passer tes journées à faire du ménage… C'est pas sain, ça! Y faut que tu sortes un peu! T'es sûre que t'aurais pas aimé ça venir prendre un p'tit café avec nous autres? Heille, j'm'excuse encore, ma belle Yvette… J'te dis, j'étais tellement pressée! J'avais tellement la tête ailleurs que j'ai même pas pensé t'inviter; j'y ai pas pensé pantoute…

— Non, non, c'pas grave. J'te dis, Suzanne, c'est pas grave. T'es ben fine… C'était ben sale icitte, *anyway.* Je sais pas ce qui se passe dans le coin ces temps-çitte, mais y a d'la poussière, ç'a pas de bon sens! Ça doit être à cause des rues que la ville balaye!

— Ben oui, peut-être… Heille, mais j'pense à ça, Yvette, tu pourrais venir avec moé pis Germain au bingo à soir!

— Ouf… T'sé, chu ben fatiguée, moé, le soir… Pis avec toute c'te boucane-là dans' salle… Je sais pas, Suzanne, j'pense pas…

— Ben, voyons, Yvette! Tu venais toujours avant, pis la boucane te faisait pas un pli! Chu sûre que t'aurais du fun ! Ça te changerait les idées. Tu sors pus, ma belle ! On se voit pus !

— Je sais pas, Suzanne… C'est ben gentil… Y me reste pas mal de ménage en plus…

— Arrête-moi ça, le ménage, ma belle ! Faut pas virer folle avec ça !

— Je sais pas trop, chu fatiguée pas mal…

— OK. Écoute, ma belle Yvette. Finis ton ménage, moé j'vas aller arroser mon rôti. J'te rappelle après souper. Pense à ça…

— OK Suzanne, j'vas y penser…

— Écoute, ma belle Yvette… Fais un p'tit effort. Tu sais ben que Gaston aimerait pas ça te voir t'enfermer de même, hein ?

— On le sait pas, ça. On peut pas savoir ! affirma Yvette.

— OK, ma belle… Pense à ça pis j'te rappelle, OK ?

— OK, Suzanne.

— Salut, là. À tantôt !

— À tantôt.

Yvette raccrocha et garda sa main sur le combiné pendant quelques secondes, immobile. Elle regardait vaguement les carreaux en acrylique bruns et noirs du plancher de la cuisine. Les sillons d'eau savonneuse laissés par la guenille séchaient lentement sous les rayons du soleil. Son ventre gargouilla et la sortit de cette torpeur momentanée. Elle passa les doigts sous son nez ; ils sentaient le caoutchouc. Elle retourna au seau d'eau chaude savonneuse et s'agenouilla pour continuer sa besogne.

Quand le plancher fut lavé, Yvette prépara une salade. Elle y mit une tomate, la moitié d'un concombre anglais, une pomme McIntosh et de l'oignon rouge. Aucune vinaigrette. Une fois la salade terminée, elle nettoya tout de suite son couteau et sa planche à découper. Elle mangea debout, accotée sur le long comptoir en mélamine, portant son regard vers le salon entre chaque bouchée, vérifiant si tout était propre. Elle lava ensuite son bol et sa fourchette, essuya la vaisselle et passa la guenille sur tous les comptoirs. Elle en profita aussi pour nettoyer la porte du réfrigérateur. Elle eut l'idée d'en nettoyer l'intérieur, mais elle se ravisa, résolue toutefois à accomplir cette tâche le lendemain. Enfin, elle fit couler un bain.

Les vapeurs d'eau chaude montaient dans la salle de bains, embuant la robinetterie argentée de la grande baignoire sur pattes. Les flammes de trois chandelles mauves éclairaient la pièce, embaumant l'air d'un léger parfum de lilas. Yvette, encore maquillée, était vêtue de sa robe de chambre en ratine blanche. Elle saupoudra du sel de mer sur l'eau immobile et l'agita doucement de sa main. Elle accrocha sa robe de chambre derrière la porte et entra lentement dans l'eau chaude, en expirant profondément. Quand la sonnerie du téléphone retentit dans la maison, Yvette leva la tête, causant de faibles remous dans l'eau calme, puis elle referma les yeux et reposa sa tête sur le petit coussin imperméable bleu poudre.

Le grand salon s'était assombri. On pouvait entendre quelques gamins dans la rue qui criaient. La grande aiguille de l'horloge, en trottant, émettait un faible tic-tac. Il était 20 h 15. Dans la salle de bains, Yvette sursauta, surprise de s'être endormie. Sa joue avait touché l'eau, qui s'était attiédie, et elle frissonna à l'idée qu'elle aurait pu se noyer. Qui aurait trouvé mon cadavre ? se demanda-t-elle, gênée à l'idée qu'on l'aurait vue toute nue. Yvette se glissa au fond du bain. Ses cheveux crépus, en entrant dans l'eau, se démêlaient lentement, comme des cristaux de neige qui fondent. Sous l'eau, elle ouvrit les yeux et fixa le plafond quelques secondes. La main posée sur son ventre, elle tenta en vain d'imaginer ce que devait être la sensation d'un bébé qui donne des coups de l'intérieur. Puis elle sortit sa tête de l'eau pour s'asseoir et reprendre son souffle. À ce moment, elle sentit qu'un petit point commençait à lui serrer le ventre. Elle passa la main dans ses cheveux mouillés et pensa que sa tête devait être affreuse ainsi décoiffée. Elle souffla sur les chandelles, tira le bouchon par la chaînette et sortit de la baignoire, en prenant soin de se sécher sur le tapis de bain pour ne pas mouiller le plancher.

Yvette n'alluma pas pour se démaquiller, la lumière fuyante du crépuscule lui suffisait. Elle regarda sa silhouette dans le miroir, pensive. Aurait-elle encore du mal à dormir à cause de ce petit point dans son ventre ? Habituellement, elle serait allée au lit vers cette heure et aurait lu jusqu'à ce qu'elle s'endorme. Elle adorait ces merveilleux romans d'amour, qu'elle achetait régulièrement chez Jean Coutu. À coup sûr, elle trouvait le sommeil, mêlant à ses rêves les fictions qu'elle avait sous les yeux. Parfois, Gaston lui apparaissait, la tête haute et droite, le coffre bombé, le regard assuré ; il lui disait qu'il l'aimait, qu'elle était « la meilleure bonne femme de tout Saint-Jérôme » et qu'il pensait toujours à elle. Il cognait à la porte, un bouquet de roses à la main, tout bonnement, comme s'il était toujours vivant ; il l'emmenait pique-niquer à la campagne, près du lac Paquin ; il lui faisait l'amour, lentement, à la belle étoile, en lui murmurant des gentillesses… Et toujours au moment où elle comprenait qu'elle rêvait, elle se réveillait brusquement, complètement chamboulée, un frisson lui déchirant le dos, comme si un cauchemar allait débuter, alors même que les lueurs de l'aube éclairaient son visage endormi. Cette soirée-là, toutefois, Yvette ne se mit pas au lit tout de suite. Ces dernières nuits, son sommeil avait été ardu. Le petit point dans son ventre revenait assidûment après le souper, lorsque les tâches ménagères étaient terminées. Insidieusement, cette masse obscure semblait vouloir monter. Même après le calme de son bain, elle sentait son souffle s'écourter, comme si l'air devenait plus dense, plus difficile à respirer.

Elle décida de se préparer une tisane. Elle alluma la lumière de la cuisine et ouvrit la petite boîte en chêne qui était sur le four à micro-ondes. Les sachets de tisane y étaient disposés dans de petits compartiments : orange et pamplemousse, menthe poivrée, canneberge et cerise, camomille, citron, kiwi et fraise… Yvette prit un sachet de tisane à la menthe et brancha la bouilloire dans la prise électrique de la cuisinière. En voulant prendre une tasse, elle prêta attention aux verres à cognac, tout au fond de l'armoire. Comme ils étaient poussiéreux ! Yvette se demanda comment elle avait bien pu négliger cette belle verrerie. Pendant que la bouilloire commençait à fumer, elle sortit les quatre gros verres à cognac. Elle prit un linge propre dans le tiroir et le passa scrupuleusement sur les verres, levant chacun d'eux face à la lumière afin de s'assurer qu'aucune poussière n'y subsistait. Elle les rangea ensuite, mais en laissa un sur le comptoir, se disant qu'un doigt de cognac l'aiderait peut-être à s'endormir. Elle débrancha la bouilloire. Yvette ne buvait que rarement, du vin parfois dans les occasions spéciales. L'alcool la grisait rapidement. Elle avait quelquefois accompagné Gaston lorsqu'il sirotait son verre de cognac à la brunante. Elle ne pouvait d'ailleurs pas comprendre que quelqu'un puisse apprécier cet alcool fort, qui lui râpait la gorge. Néanmoins, elle était certaine que cela l'aiderait à s'endormir, quitte à grimacer le temps d'une gorgée. Yvette prit le verre à cognac, éteignit la lumière de la cuisine et alla au salon. Elle posa son verre sur le confiturier, sortit sa vieille clé en bronze et déverrouilla la porte. Accroupie devant les bouteilles de cognac, elle observa les Augier, Audry, Pierre Ferrand, Martell pendant quelques secondes, se réconfortant de l'odeur du bois verni. Elle choisit une bouteille neuve Gaston de Lagrange. Elle fut surprise de n'avoir jamais remarqué qu'il existait un cognac qui portait le prénom de son mari. Elle pouffa d'un rire court et aigu en dévissant le bouchon de la bouteille. Elle remplit son verre à moitié, puis se tourna vers la cuisine, faisant tourner le cognac dans le verre et regardant l'alcool glisser sur les parois du verre, comme Gaston le faisait. Elle soupira. La maison s'ombrageait.

Yvette porta le verre à sa bouche et mouilla ses lèvres. Pour la première fois, elle crut comprendre ce que Gaston voulait dire lorsqu'il parlait du goût sucré du cognac. Elle savoura ce goût nouveau, sans grimacer, en remuant les lèvres et en y passant discrètement sa langue. Enfin, elle avala une petite gorgée. Le cognac descendit brutalement dans sa gorge ; Yvette serra les dents et plissa les yeux. Elle inspira profondément et avala sa salive soudainement devenue abondante. Une sensation de chaleur apparut dans son ventre et monta jusqu'à sa poitrine, se propageant même aux épaules, comme un frisson chaud. En expirant, elle savoura encore le goût sucré de l'alcool et elle s'en mouilla les lèvres de nouveau. La sensation de point qu'elle avait au ventre se dissipait. Elle posa son verre pour aller à la table tournante, devant la grande fenêtre du salon. Elle fouilla dans sa collection de trente-trois tours et sortit enfin un disque d'Édith Piaf. Lorsque l'aiguille du bras mobile toucha la surface du disque, un crissement sortit bruyamment des deux vieux haut-parleurs ; Yvette baissa le volume de l'électrophone et alla remplir son verre. Elle s'assit sur l'antique chaise berçante et avala une autre gorgée de cognac.

Yvette se berçait lentement. Rendue à la moitié de son deuxième verre, elle était déjà un peu grise ; elle sentait ses jambes se ramollir. Bien que ses idées fussent étonnamment claires, une étrange fébrilité derrière sa poitrine, dans ses épaules et son cou lui rappelait qu'elle avait bu. Par moments, la musique provoquait en elle d'agréables frissons. La boule dans son ventre avait disparu. Elle s'esclaffa. Elle porta immédiatement la main à sa bouche, surprise par cet excès soudain de vitalité. Ses joues avaient rougi. Elle se berçait maintenant plus rapidement, quelque peu excitée. Elle passait ses doigts délicats dans son cou, effleurant sa peau devenue étrangement sensible. Elle ne pensait plus à son ménage, ni à ses cheveux défaits, ni à son visage dénudé. Elle se sentait légère comme une fleur. Elle ne pouvait pas se rappeler la dernière fois qu'elle avait bu. Jamais, depuis que Gaston était mort, elle ne s'était sentie aussi vivante, comme si la vie pétillait et montait en elle, comme si elle voulait déborder. Elle se leva pour remplir de nouveau son verre.

La bouteille de cognac, en s'écoulant, glougloutait en un son mat. Le verre était rempli à ras bord. Sans le remarquer, Yvette échappa un peu de cognac sur sa robe de chambre en s'asseyant. Elle porta aussitôt le verre plein à ses lèvres. C'est à ce moment qu'Édith Piaf entonna *La Vie en rose* :

> *Quand il me prend dans ses bras*
> *Il me parle tout bas*
> *Je vois la vie en rose…*

Quand elle entendit ces paroles, le souvenir de Gaston monta en Yvette comme une envie de pleurer. Elle vit le visage de son amoureux avec une étonnante clarté. Il lui souriait. La boule réapparut dans son ventre, avec une intensité inégalée, et monta lentement vers sa gorge. Elle se rappela ces jours pénibles passés à l'hôpital, quelques semaines après qu'une tumeur maligne eut été repérée dans le foie de Gaston. Elle revoyait son visage émacié mais serein, qui lui souriait, qui lui disait que tout irait pour le mieux, pendant qu'elle s'efforçait de ne pas pleurer, se disant qu'elle se devait d'être forte et ne pouvant encore admettre que la mort arrivait. Son beau Gaston, le plus galant des hommes.... Pendant qu'elle revoyait Gaston lui sourire, la gorge d'Yvette se serra. Elle avait cessé de se bercer. Elle posa son verre de cognac sur le confiturier. Elle appuya ses mains nerveuses sur les bras de la chaise, voulant se lever pour aller éteindre le tourne-disque. À ce moment, la voix puissante d'Édith Piaf reprit son célèbre refrain :

Quand il me prend dans ses bras
Il me parle tout bas
Je vois la vie en rose...

Alors, Yvette se reposa sur le dossier et pouffa de nouveau d'un rire aigu. Elle expira profondément, entre ses lèvres tremblantes qui formaient maintenant un rictus. Elle regarda autour, cherchant en vain un sens à ce qui se produisait en elle. Son regard s'arrêta sur les feuilles du dragonnier, près du confiturier ouvert, puis ses yeux s'embrouillèrent de larmes et, enfin, elle se mit à pleurer.

Ça passe ou ça casse

Sylvain est sur le point de conclure ; il en est venu à pouvoir sentir ces choses-là. Il est encore au téléphone, assis sur la chaise en cuir du secrétaire, décravaté et en chaussettes. Il consulte sa montre, puis expire la fumée de sa cigarette ; un voile de fumée dense flotte déjà au plafond. Il tire une dernière fois sur sa cigarette et l'écrase à travers les mégots qui remplissent le cendrier massif en verre ambré. Il coince ensuite le combiné entre son épaule et sa joue, étire le bras vers son paquet de Rothmans bleu et s'en allume une autre. Sur le secrétaire, l'écran de l'ordinateur montre les statistiques du joueur vedette des Thrashers d'Atlanta, Ilya Kovalchuk. « Oui, c'est ben beau... Mais si tu veux qu'on continue à négocier, y faut que t'acceptes mes besoins aussi. Sinon, ça sert à rien de se parler. Tu cherches un gardien, je cherche un buteur. On peut mettre des à-côtés, comme des choix de repêchage ou des trucs du genre, mais moi y me faut des buts. Pas des passes, des buts ! J'échangerai pas quatre vingt-cinq cennes pour une piastre ! » s'exclame-t-il. Ses sourcils se froncent. Il approche sa chaise et appuie ses coudes sur le secrétaire. Il tire sur sa cigarette, expire la fumée en soupirant et essuie son front humide avec le revers de son pouce. Ses yeux sont cernés et vitreux. La négociation dure depuis un bon moment déjà.

Il se redresse soudainement sur sa chaise : « Non non non ! Je t'ai appelé pour t'offrir Biron. Parle-moi pas de

Brodeur, ostie! Si Biron t'intéresse, on parle. Sinon, on arrête, OK? Ça fait une heure que tu me dis qu'y t'intéresse, pis là tu me parles de Brodeur! C'est quoi c'te niaisage-là? Dis-le tout de suite si t'es pas intéressé. J'ai une vie à vivre, moé, t'sé! » Il tire sur sa cigarette, consulte sa montre, puis regarde par la fenêtre, vers la cour arrière. Les cimes noires de deux grandes épinettes découpent le ciel bleu sombre.

« OK... C'est correct... Hé! Tu m'as fait peur, toé! Mais faut faire ça vite. J'aimerais ça conclure à soir, pis y faut que j'aille chercher ma femme dans pas long. A' finit son shift à dix heures... » Il tire sur sa cigarette, coince de nouveau le combiné entre son épaule et sa joue puis consulte l'alignement de son équipe sur une feuille.

« Écoute, Pierre. Moi, c'est Kovalchuk que j'veux le plus. J'ai besoin d'un *sniper.* Je sais que Biron, c'est peut-être pas assez. Il manque un petit quelque chose. Je t'offrais Avery, pis je peux ajouter un premier et un deuxième choix... » Puis il attend deux secondes, les yeux grands ouverts. « Hé hé! Tu peux pas dire que j'fais pas mon bout! J'pense que c'est assez bien payé pour Kovalchuk, qui est au neutre ces temps-ci, alors que Biron vient d'obtenir une treizième victoire de suite! En plus, tu peux le signer l'an prochain; son contrat est juste deux piasses! Kovalchuk, j'pourrai même pas le garder; y joue la dernière année de son contrat... » ajoute-t-il. Il tire sur sa cigarette et consulte de nouveau son alignement.

« OK... Mais tu penses pas que c'est assez? Écoute... Si je mets Gomez au lieu d'Avery et des choix de repêchage en 2006? » demande-t-il. Il écrase sa cigarette et pianote nerveusement sur son paquet de cigarettes, attendant la réponse. « Oui? *Good!* OK, j'récapitule. J'te donne Biron pis Gomez contre Kovalchuk, c'est ça? » demande-t-il en cliquant sur la souris de son ordinateur. « J'confirme notre échange tout de suite sur le site, c'est bon ? » Puis, gardant le combiné entre son épaule et sa tête, Sylvain écrit la transaction qu'il vient de conclure avec Pierre sur le site de leur ligue, la LHT, la Ligue de hockey de Terrebonne. Il sourit.

« C'est fait, c'est confirmé sur le site... Ben oui... J'pense que c'est un bon coup pour nous deux... Pourvu qu'on évite les blessures... Mais restent toujours les impondérables. Maintenant, ça passe ou ça casse... Oui, c'est ça... Merci ! Salut ! » Et Sylvain raccroche, recule sur sa chaise et s'étire en bâillant joyeusement. Il consulte de nouveau son alignement. Le téléphone sonne. Sylvain jette un regard inquiet sur sa montre. Il prend soin de barrer les noms de Biron et Gomez avec son gros stylo doré avant de répondre :

— Allo ?

— Crisse, Sylvain ! Ça fait une demi-heure que j'essaie d'appeler !

— J'm'excuse, chérie... C'est Pierre qui m'a appelé. On a fait un échange...

— Encore ton ostie de pool ! J'demande de finir plus tôt parce que j'file pas parce qu'on s'est engueulés tantôt, pis toi t'es encore sur ton crisse de pool ! qu'elle crie.

— Carole... C'est lui qui m'a appelé... Y m'offrait Kovalchuk ! Le meilleur buteur de la Ligue ! C'est pas une petite affaire ! J'vais sûrement finir premier avec cet échange-là... Honnêtement, j'pense que je l'ai fourré !

— Tu pourrais me fourrer moi aussi, des fois, pour faire changement ! J'gage que t'as même pas pensé à notre conversation de tantôt, hein ?

— Ben oui, j'y ai pensé ! crie-t-il lui aussi. J'faisais ça avant que Pierre appelle, justement !

— Ostie que t'es con, Sylvain ! T'es vraiment un crisse de cave égoïste !

— Calme-toi, Carole ! C'est pas grave ! J'vais venir te chercher ! J'pouvais pas savoir que t'essayais d'appeler !

— Laisse faire ! J'vais me trouver un lift !

— Ben là... Avec qui ?

— Sidney Crosby, tabarnak !

Et elle raccroche. Sylvain raccroche avec fracas. Il s'allume une cigarette et fait rouler sa chaise jusqu'à la fenêtre, qu'il ouvre. Un courant d'air frais entre dans le bureau. La pleine lune est étonnamment grosse et basse. Sylvain soupire et fume. Il souffle sa fumée à l'extérieur. « Câlisse... » murmure-t-il en secouant la tête. Il retourne au secrétaire et ajoute enfin le nom de Kovalchuk à l'alignement des Vaillants. Il consulte ensuite les résultats des matchs en cours dans la Ligue nationale de hockey, sur Internet. Kovalchuk a marqué deux buts. Il sourit en tirant sur sa cigarette, puis éteint l'écran de l'ordinateur. Il se lève, tire son pantalon vers le bas, puis le décolle de ses fesses moites. L'épaisse couche de fumée qui flotte au plafond s'échappe lentement par la fenêtre ouverte. Sylvain plie en quatre la feuille de son nouvel alignement et la glisse dans la poche de sa chemise. Il enfile ses souliers, éteint la lumière du bureau et prend ses clés sur le comptoir de la cuisine. Il tire sur sa cigarette, verrouille la porte d'entrée derrière lui puis fait tourner son trousseau de clés autour de son index. La nuit est fraîche et claire. Sylvain se dirige vers sa grosse Buick en sifflant un air léger. D'ici peu, son équipe trônera au sommet de la ligue. Ce sont des choses qui se sentent.

Mise en forme

Il buvait à même le récipient du mélangeur. Avec son avant-bras, il essuya le mince filet de lait beige qui descendait jusqu'à son menton. Ce n'était pas très bon, mais combien efficace ! se disait Francis depuis deux semaines, chaque fois qu'il avalait sa mixture de protéines. Au début, il ajoutait du miel au mélange, pour lui donner un goût plus sucré, mais ensuite, il avalait la chose sans additifs, comme par défi. Il laissa le mélangeur tremper dans l'eau chaude de l'évier, puis il se mit à plat ventre sur le plancher de la cuisine et exécuta sa routine. Trois séries de trente pompes. Entre chaque série, il passait sa minute de repos devant le grand miroir qu'il avait appuyé contre la table de cuisine. Il regardait ses pectoraux de profil. D'un côté puis de l'autre. Lorsqu'il eut fini sa dernière série de pompes, il enleva son short et se planta devant le miroir, nu. Il était seul dans le logement ; son colocataire, Steve, était parti au boulot tôt le matin. Francis raidit ses bras devant lui pour en faire ressortir les triceps quelques secondes, puis il contracta ses biceps, toujours face au miroir, en mordant sa lèvre inférieure. Les protéines commençaient à porter fruit, pensa-t-il, satisfait. Ses muscles semblaient avoir pris du tonus. Il s'approcha ensuite du miroir en donnant de petites tapes sur son pénis, pour lui donner du volume. Il examina sa verge de profil, puis de face, puis encore de profil. Il regarda son érection monter. Il se retourna pour voir ses fesses rondes et bronzées. Il les contracta et les décontracta à cinq reprises, tournant la tête de gauche à droite et de droite à gauche pour voir son derrière des deux angles. Il passa ensuite sa main sur son scrotum et décida d'aller le raser.

Au sortir de la douche, il se sécha et se mit du déodorant Axe sous les aisselles. Il enduit ensuite d'une mince couche de crème hydratante son scalp, rasé la veille, puis brossa ses dents et y passa la soie dentaire. Il enfila son short noir en polyester, une camisole blanche et son sac à dos. Il mit ses écouteurs et sélectionna la piste *In Da Club* de 50 Cent sur son lecteur MP3. De longs frissons lui montaient dans le dos quand tapaient les basses de la musique rap. Une sensation de puissance l'envahissait. Il rapporta le grand miroir dans la chambre, chaussa ses espadrilles blanches Nike et sortit. Après avoir verrouillé la porte, il reprit au début la piste de 50 Cent, qui n'était pas terminée, puis sauta les trois marches du petit balcon de son logement, avenue De Lorimier.

Il se rendit à l'entraînement en joggant. Cela lui prenait dix minutes. Il préférait réchauffer ses muscles et faire circuler son sang avant d'entrer au Fusion Gym, pour ensuite se concentrer sur ce qui importait, sa masse musculaire. Arrivé sur les lieux, il salua Sean, le propriétaire, qui lisait une revue derrière le comptoir. Ce dernier, un ancien culturiste dans la quarantaine, lui répondit en hochant légèrement la tête. Francis entra dans le vestiaire. Il était vide. Il sortit sa serviette blanche et rangea son sac à dos dans un casier qu'il verrouilla avec son cadenas à chiffres. Il regarda ses bras dans le miroir au-dessus des trois lavabos. Il but quelques gorgées d'eau directement du robinet, puis il essuya sa bouche et son visage avec sa serviette, qu'il posa ensuite sur son épaule. Il sortit du vestiaire en tenant fermement sa serviette, de manière à pouvoir contracter son biceps.

Seulement trois gars s'entraînaient. Deux habitués, Ron et Tino, exécutaient des *bench press*, tandis qu'un homme dans la soixantaine courait sur un tapis roulant. Ron et Tino étaient portiers dans un club du boulevard Saint-Laurent. Avec leurs mâchoires cubiques, leur crâne rasé et leur regard froid, ils étaient plutôt intimidants. Ron était étendu sur le banc, avec au moins trois cents livres de charge sur la barre horizontale. Il fit six répétitions, sous l'œil alerte de Tino qui assurait. Ron exécuta ses deux dernières poussées sous les encouragements de son partenaire d'entraînement, qui gardait ses mains sous la barre, prêt à intervenir.

— Come on, boy !

— AAAHHH…

— Come on ! One more, Ron ! Come on !

— AAAHHH…

— Push it, boy !

— Humffff…

— PUSH IT ! ! !

Le vieux monsieur avait ralenti sur son tapis roulant et regardait maintenant les deux hommes forts :

— AAAAAAAAAAAHHHH ! hurla enfin Ron, avant de poser la barre sur son support dans un fracas métallique.

Ron se releva, le visage rouge et suant, encadré de grosses veines sur les tempes. Il tapa dans la main de Tino. « You're the man ! » dit Tino. Ils avaient chacun une camisole noire déchirée sur les flancs qui laissait voir le profil de leurs pectoraux. Quand Francis passa devant eux, il hocha la tête à l'intention de Ron, qui maintenant assurait Tino. Bien qu'il le regardât dans les yeux, Ron ne salua pas Francis. Décidément, Francis aimait mieux Tino, qui lui rendait toujours la politesse. Francis serra ses poings, pris de ressentiment.

Il prit deux haltères de quarante livres et se posta face au miroir, sur lequel il pouvait voir les deux taupins de profil. Il voulut faire au moins six répétitions, mais ne put en faire que deux du bras droit et une seule du bras gauche. Il remit les haltères à leur place, soulagé de ne pas s'être fait remarquer, puis il en prit deux de vingt-cinq livres. « Ostie de frais… » murmura-t-il vers le reflet de Ron en reprenant position devant le miroir. Il exécuta quatre séries de huit répétitions, comme d'habitude. Entre chaque série, Francis faisait quelques pas et regardait ses biceps dans les miroirs qui tapissaient tous les murs. Avant de changer d'exercice de biceps, il fit exceptionnellement une cinquième série, de six répétitions, avec les haltères de trente livres. De grosses veines bleutées faisaient saillie sur son avant-bras. Sa camisole blanche était maculée de sueur. Il regarda vers Ron, maintenant occupé à faire des *squats* avec Tino. Le colosse soufflait bruyamment entre chaque poussée. « Crisse de frais… »

Le Fusion Gym s'était maintenant rempli. Plusieurs femmes utilisaient les vélos stationnaires et les StepMaster sur la mezzanine, une dizaine d'hommes levaient des haltères au rez-de-chaussée. Trois femmes et un homme se relayaient aux machines à entraîner les ischio-jambiers et les quadriceps. Francis avait terminé ses quatre exercices de biceps et ses quatre de triceps. Il était fatigué et avait les bras ankylosés. Il décida de sauter ses exercices de jambes, malgré son programme d'entraînement. « Je cours beaucoup, de toute façon… Je les entraîne amplement déjà », se dit-il en regardant, satisfait, ses bras gonflés par l'effort. Il s'abreuva à la fontaine et regagna le vestiaire.

Francis avait enlevé sa camisole. Il tournait la roulette de son cadenas :

— Already finished, boy ?

Francis se retourna. Ron entrait, suivi de Tino. Bon sang qu'ils étaient énormes !

— Yes… Got to go…

— You see that, Tino ? Baby boy's got to go ! dit Ron en se tournant vers son ami. Hard work's not for everyone, hey? dit-il à Francis, qui ouvrait son casier.

— No, I'm going to work… hé hé… répondit Francis en riant nerveusement.

— Tss ! At one in the afternoon ! Sure thing… dit Ron en enlevant sa camisole, dévoilant son torse massif comme une enclume.

— Come on, Ron… Shut up… dit Tino, tout bas, en détachant ses souliers.

Francis mit sa serviette dans son sac à dos d'un geste lent. Il avait envie de se retourner et de frapper Ron d'un coup, sans rien dire. Il imaginait la scène. *Il lâche son sac à dos, se retourne et paf ! il lui casse le nez… « Fuck man ! What did you do ! You broke my nose, you fuck ! » dit Ron en s'étendant au sol tout gémissant. Tino ne dit rien et aide son copain…* Le poing serré, Francis ferma lentement son sac à dos. Les dents de la fermeture éclair s'emboîtèrent doucement les unes dans les autres. Il avait l'impression que Ron le regardait. Tino se mit à parler d'une fille du nom de Tracy. Francis arrêta de prêter attention à ce que Tino disait et profita de l'occasion pour partir : « Not taking your shower, baby boy ? » demanda Ron. Francis fit semblant de ne pas l'entendre et passa la porte. Quelques pas plus loin, il s'arrêta net. Il avait oublié son cadenas. Il pouvait encore entendre les gars parler : « He must be afraid to have a boner ! » dit Ron. « Shut up, Ron ! » dit Tino en riant. Francis entendit leurs rires graves résonner dans les douches. Il partit aussitôt, sans saluer Sean qui lisait encore sa revue derrière le comptoir.

« You broke my nose, you fucking fuck ! » répète Ron en relevant son visage ensanglanté. Francis lui donne un autre coup de poing, sur la joue. Ron s'affaisse. Francis lui balance un coup de pied dans le torse. Mais voilà que Tino lui lance une droite. Francis l'évite de justesse et lui assène un coup de tête en plein sur le nez. Tino tombe sur ses genoux. Francis ne dit rien et quitte calmement le vestiaire. Francis remit à nouveau la piste *In Da Club* sur son lecteur MP3. Il marchait la tête haute et droite, regardant dans les yeux tous ceux qu'il croisait. Seul un inconnu dans la quarantaine, vêtu en homme d'affaires, soutint son regard. Ce type avait un drôle de sourire. Francis se retourna quelques pas plus loin et le regarda s'éloigner. « Ostie de frappé du câlisse ! » dit-il à haute voix lorsque l'homme disparut en tournant le coin de la rue. Francis se remit à penser à Ron, à sa grosse face, à son gros cou, à son gros air fendant. En montant les trois marches de son logement, Francis secoua la tête en serrant les dents.

* * *

À sa sortie de la douche, Francis appela Sean pour lui dire qu'il avait oublié son cadenas. Il enleva sa serviette devant le grand miroir dans sa chambre. Il regarda son corps glabre de haut en bas. Il contracta ensuite ses biceps. Décidément, les protéines faisaient effet… Francis souleva le coin de son matelas et sortit une revue pornographique. Il la feuilleta, debout, en se caressant. C'était décidé. Demain, il irait se faire faire un gros tatouage qui recouvrirait son épaule gauche et descendrait sur son torse. Un gros aigle, la tête d'un vieil Indien ou quelque chose comme ça…

Trou de mémoire

Mario leva difficilement sa tête, lui qui levait habituellement deux fois son poids. Son crâne semblait se comprimer et se resserrer sur lui-même. C'est le bruit des freins hydrauliques d'un camion qui le réveilla enfin. Il avait du gazon dans la bouche, qu'il crachota en toussant. « Sacrament… » murmura-t-il d'une voix enrouée et sèche, en regardant les automobiles filer à sa gauche et à sa droite sur l'autoroute. Un réveil assourdissant pour sa tête étourdie. Il se tourna sur le dos, complètement incrédule. Il ne lui fallut que quelques secondes pour comprendre, juste le temps de se rappeler qu'il avait bu la veille. Il mit la main sur la peau rude de son crâne rasé ; elle était brûlante et irritée. Les rayons du soleil éclatant piquaient ses yeux vitreux. Il tenta de rassembler ses pensées pour savoir comment il avait abouti sur le terre-plein central d'une autoroute lorsqu'un haut-le-cœur l'assaillit. Sa gorge se contracta. Il parvint à s'agenouiller avant qu'un filet de bile acide ne sorte de sa bouche pâteuse. Elle était orangée, de la même couleur que la flaque qui tachait l'herbe verte à ses côtés. En essuyant sa bouche avec le revers de sa main, il sentit qu'une croûte de vomi avait séché sur ses joues et sur ses lèvres gercées. Il voulut s'essuyer avec l'ourlet de son polo blanc, mais il constata que celui-ci aussi était maculé de cette bile orangée. Il remarqua également de petites taches de sang sur son torse. Il posa ses mains sur sa tête et son visage, en panique, pour vérifier s'il s'était blessé, comme la dernière fois, mais il n'y trouva rien. Mario décida de s'asseoir un moment pour faire le point.

Il regarda autour de lui. Un panneau de signalisation lui confirma qu'il était sur l'autoroute 15, à Saint-Jérôme, près du Carrefour du Nord. Il regarda le ciel pendant quelques secondes ; il était bleu, sans aucun nuage. C'était une vraie canicule. Lorsqu'il tournait la tête trop rapidement, le paysage avait peine à suivre et glissait lentement sur son champ de vision, à la traîne, comme s'il tardait à être assimilé par sa conscience engourdie. Sa tête, ses avant-bras, ses mollets et le côté gauche de son visage chauffaient douloureusement ; il se demanda combien de temps il avait pu rester là, couché sous le soleil brûlant. Il voulut regarder l'heure à sa montre, mais celle-ci manquait à son poignet. Quand il fouilla dans sa poche, il y découvrit, écrasé sur son cellulaire, un hamburger du McDonald's, encore dans son emballage en papier ciré blanc ! Il lança le sandwich vers le fossé, en hochant la tête d'incompréhension. Il se sentait comme dans un rêve tordu où rien n'a de sens. Son cellulaire indiquait 14:45. Son dernier souvenir lui venait du Bourbon Street Club, alors qu'il payait une tournée de stingers pour lui, Marco, Charles, Vanessa et Chantale. Quelques images subsistaient à ce point limite, mais il ne pouvait pas vraiment les situer. Après l'entraînement, il avait rejoint ses amis au restaurant. La soirée avait été arrosée de vin, puis de nombreux rhum colas, avant de se déplacer au Bourbon, où Mario se rappela qu'il était déjà saoul et que la musique et les femmes ne l'avaient qu'enivré davantage. Mais comment avait-il pu se retrouver au beau milieu de l'autoroute ? Il se sentait minable. Il avait envie de se frapper la mâchoire tellement il se dégoûtait.

Des bribes d'images lui revenaient, mais elles ne lui permettaient pas de reconstituer le fil de la soirée. Elles s'ajoutaient confusément les unes aux autres, comme dans un vidéoclip étourdissant : la barmaid, des gens riant autour du bar, des femmes qui dansent, les urinoirs, un gros portier qui lui serre la main, la barmaid, des rires, des verres remplis, des verres vides, la barmaid... Il n'aurait pu dire si ces fragments lui provenaient de la veille ou d'un autre vendredi. Il décida d'arrêter d'y penser, car cela lui donnait mal à la tête. Il vida toutes ses poches. Son cellulaire, son portefeuille, quinze dollars, la carte d'un conseiller financier de la Banque de Montréal qu'il ne connaissait pas, trois capsules de bière et un sachet de mayonnaise Hellmann's. Mis à part le hamburger qui lui apprenait qu'il avait dû faire une halte au McDonald's, rien dans ses poches ne lui permettait encore de stimuler sa mémoire. En regardant la carte du conseiller Mark Pettinger, il découvrit qu'il avait maladroitement écrit un numéro de téléphone au verso, mais sans aucune autre indication. Au moins, son cellulaire fonctionnait toujours. Il voulut appeler le 411 pour demander le numéro du taxi, mais il se ravisa, honteux de sa piètre allure et ne sachant pas encore si son état s'était stabilisé ou s'il allait de nouveau vomir comme un chien. Il n'avait envie de voir personne pour le moment. Il laissa les bouchons de bière et la mayonnaise dans l'herbe.

Mario poussa un long soupir. Il se sentait faible. Il avait envie de pleurer, mais il avait autre chose à faire. Il devait sortir de là. Il tenta de se lever. Son corps était incroyablement courbaturé, surtout son cou. Il se demanda s'il s'était battu (d'où pouvaient donc venir ces gouttes de sang ?). Au moins, ses jointures n'étaient pas abîmées. Heureusement, pensa-t-il, sachant qu'il pouvait donner la mort d'un coup de poing, fort comme il était. Aussitôt qu'il fut debout, sa tête se mit à tourner et il se remit à vomir. Lorsque la bile sortait de ses entrailles, ses yeux se mouillaient malgré lui. À chaque contraction de son œsophage, Mario râlait et serrait ses gros poings. Lorsqu'il eut fini, il voulut hurler de rage, mais ne put que murmurer entre ses mâchoires crispées : « Stie de crisse de cave de crisse d'épais... Belle job, mon Mario ! Belle job ! » Il se remit sur les genoux en toussant. Un rire nerveux et sarcastique s'échappa de sa bouche sale. Il était tout en sueur. Il s'écœurait. Il enleva son chandail, puis, avec un coin propre, il s'essuya la bouche en frottant fort, pour déloger du même coup la vieille croûte de vomi. L'idée de remettre sur lui ce polo crasseux lui répugna ; il retourna donc le chandail sur son revers et s'en servit pour essuyer la sueur de ses aisselles et de son torse musclé. Il lança ensuite le vêtement souillé vers le fossé, près du hamburger éventré, où des mouches commençaient déjà à s'occuper des rondelles de cornichon.

Mario avait du mal à marcher. Tout son corps était endolori. Ses pieds et ses cuisses le faisaient particulièrement souffrir. C'était comme lorsqu'il s'entraînait trop et que ses muscles s'imbibaient d'acide lactique. Il sentait ses fibres musculaires brûler à chaque contraction. De plus, il avait incroyablement soif. Chaque fois qu'il avalait le peu de salive que son corps déshydraté produisait, ça lui piquait la gorge. Il pouvait voir la sortie de l'autoroute qui menait au Carrefour du Nord à environ un kilomètre. Cela lui sembla infiniment loin. La perspective de s'abreuver et de mouiller son visage l'empêcha de désespérer. Des jeunes hommes dans une automobile filant à vive allure lui crièrent des mots qu'il ne comprit pas. Mario tourna la tête vers eux, quelques secondes en retard, avant de continuer sa route.

Il n'y avait pas beaucoup de trafic, mais les véhicules roulaient très vite. Il allait devoir courir pour traverser. Mario attendit quelques minutes avant d'oser ; il avait peur de trébucher en plein milieu de la voie. Il prit une grande inspiration. Lorsqu'il se sentit prêt, un automobiliste le klaxonna. Mario recula de deux pas et tomba dans l'herbe sur le derrière. Il se mit à rire, mais son corps ne put supporter cet effort : il recommença à vomir quelques cuillerées de bile. Il se releva enfin, résolu à traverser. Il attendit le moment propice, puis traversa la 15 Nord aussi vite que son corps fatigué le lui permit. Rendu de l'autre côté, il continua à courir un peu dans les hautes herbes, revigoré du simple fait d'avoir franchi cet obstacle, mais une fois dans le stationnement du grand centre commercial, Mario expulsa de nouveau de la bile, sur l'asphalte chaud, entre deux voitures garées. Son corps se couvrit de sueurs froides. Il se dirigea vers la porte d'entrée du cinéma, soulagé de constater que personne ne l'avait vu vomir, négligeant toutefois le fait que des gouttes de bile avaient éclaboussé ses chevilles et ses sandales, qu'il empestait l'alcool, qu'il était torse nu et qu'il avait une sale gueule.

Une mère et ses deux jeunes garçons sortaient du centre commercial. La dame baissa les yeux devant Mario. Les deux jeunes garçons l'examinèrent toutefois de haut en bas, comme s'il venait d'une autre planète :

— Maman ! Pourquoi le monsieur il est torse nu ? C'est parce qu'il est musclé ? demanda l'un.

— Moi aussi, j'ai chaud ! J'enlève mon chandail ! s'exclama l'autre en se dénudant.

— Jérémie ! Remets ton chandail tout de suite ! Pis arrêtez de regarder le monsieur ! cria la mère en tirant ses gamins, l'un par le collet, l'autre par le bras.

Mario tourna la tête et sourit bêtement vers la petite famille en ouvrant la porte vitrée du portique. L'air frais du centre commercial, au contact de sa sueur, le fit frissonner. Il constata qu'il était encore ivre. Il eut honte de sa tenue, lui qui était si coquet la veille, avant son départ. Il bomba davantage son torse imberbe, dressa la tête et marcha vers les magasins. Il croyait qu'il marchait droit. Plusieurs personnes faisaient la queue à la billetterie du cinéma. À mesure que Mario approchait de la file d'attente, le silence s'intensifiait. Les gens se retournaient pour observer cette impressionnante masse de muscles nus qui avançait lourdement vers eux. Personne n'osait toutefois le regarder dans les yeux, dans un mélange de crainte et de fascination. Mario ne mesurait peut-être que cinq pieds huit pouces, mais il était large et fort comme deux hommes. Il pesait deux cent dix livres, sans une once de gras. Ses biceps faisaient vingt pouces de diamètre, ses poignets étaient gros comme les bras d'un homme moyen et son cou semblait être coulé dans ce ciment organique propre aux culturistes. Et bien qu'il eût gardé le doux visage d'un enfant, Mario pouvait faire peur. Lorsqu'il traversa la file d'attente, les gens qui s'étaient tassés pour lui faire une place remarquèrent qu'il traînait avec lui la traître odeur de l'alcool. Aussitôt qu'il vit une boutique de vêtements, Mario s'y dirigea.

Une musique latine populaire jouait dans la boutique où une multitude de vêtements colorés étaient impeccablement présentés. Mario prit une chemise hawaïenne verte aux motifs de palmiers bleus et jaunes qui était en solde sur une table à l'entrée. Sans hésiter, il l'enfila. Il ne remarqua pas qu'elle était trop petite pour sa taille. Une jeune vendeuse rousse aux cheveux bouclés s'approcha de lui, en souriant d'un air hésitant :

— Bonjour… Est-ce que ça fait ? dit-elle.

— Oui, mademoiselle. C'est parfait ! Excusez-moi d'être entré torse nu ; j'avais coincé mon chandail dans la portière de ma voiture et il s'est déchiré… répondit Mario en évitant de regarder son interlocutrice.

— Pas chanceux !

— Non, mademoiselle, ce n'est pas mon jour de chance…

— Voulez-vous autre chose ? La deuxième chemise est à moitié prix.

— Non merci, ça va être tout… répondit-il, tandis que sa tête commençait à tourner.

La vendeuse marcha vers la caisse pendant que Mario, les mains dans les poches, fixait bêtement les motifs de palmiers sur les chemises à prix réduit. Le bruit de la caisse enregistreuse le fit sortir de sa torpeur. Il s'avança vers la vendeuse au comptoir et, pour la première fois depuis qu'il était entré, il remarqua son joli visage. Avec toutes ses taches de rousseur sur les joues, elle était mignonne, pensa-t-il. Lorsqu'elle leva son regard bleu vers lui, il eut l'impression de l'avoir déjà vue. Était-ce hier soir ? Il n'en avait aucune idée et n'osa pas le lui demander, craignant de passer pour un dragueur embêtant. Il paya avec sa carte Visa Or et quitta la boutique avec la ferme intention de reconstituer la soirée de la veille.

Avant d'appeler Marco, Mario passa aux toilettes. Il dut retourner vers le cinéma, où quelques personnes le regardèrent de nouveau avec fascination. Il s'abreuva à la fontaine. La première gorgée lui brûla le gosier. Il avait l'impression que sa gorge était craquelée tellement elle était sèche. Il rinça sa bouche à deux reprises et frotta son index sur ses incisives pour y enlever la peau morte qui s'y était collée. Puis il but abondamment. L'eau froide lui redonna un peu de vigueur. Avant d'entrer dans les toilettes, en voyant les gens qui le regardaient encore dans la file d'attente du cinéma, il se demanda s'il avait fait trop de bruit en se rinçant la bouche.

Les toilettes sentaient la naphtaline. Cette atmosphère

aseptisée lui leva le cœur et il faillit régurgiter toute l'eau qu'il avait bue. Il rota en un son mouillé. Un goût amer monta jusqu'à sa luette, mais sans plus. Il tourna le robinet et laissa couler l'eau froide. En se frottant les mains, Mario s'examina le visage dans le miroir ; il était rougi, mais seulement du côté gauche. Il enleva les sécrétions qui avaient séché dans les coins de ses yeux et sur les cils de son œil gauche, dont la paupière était tout enflée. Il pressa sur son coup de soleil avec son pouce, ce qui laissa, pour une seconde, une marque blanche sur sa joue. Il se lava les mains avec du savon en mousse, puis il s'aspergea le visage d'eau froide à cinq reprises, prenant bien soin de frotter son nez et son front luisant de gras et de sueur. Il enleva sa chemise, déroula un grand morceau d'essuie-tout brun de la distributrice et le mit sous l'eau. Il le passa ensuite sur son torse, son cou et sous ses aisselles. Il déroula un autre morceau d'essuie-tout pour se sécher. Il joignit ensuite ses mains sous l'eau froide et but jusqu'à ce qu'il n'eût plus soif.

« Bonjour. Je ne suis pas là. Laissez un message. » Ce message, dicté laconiquement sur un ton neutre, le faisait habituellement sourire, mais cette journée-là, Mario se demanda pour un moment si Marco le rappellerait. Ne sachant pas du tout ce qui s'était passé la veille, il pensa que peut-être il avait encore dit une bêtise à son camarade. Après tout, il s'était retrouvé seul ce matin, le visage imprimé dans l'herbe… Rien n'était impossible. Un malaise s'éveilla en lui. Il sentit une lourdeur peser sur son abdomen. Il ne s'agissait pas d'un malaise gastrique, mais Mario n'aurait su dire si c'était de l'anxiété, de la culpabilité ou de l'agressivité. Sans doute un peu de tout cela. Il n'avait jamais été bon pour savoir ce qu'il ressentait au-dessous de ses fibres musculaires. Il ne laissa aucun message et marcha vers les taxis parqués en permanence devant le centre commercial. Il eut encore envie de se frapper, de se faire du mal. Pour la première fois de sa vie, il eut peur de ce qui avait pu se passer la veille. Il lui était déjà arrivé de perdre la mémoire en buvant, mais toujours ces black-out lui étaient quelque peu reconstitués par un ami. Ce n'était pas tant la peur d'avoir commis une bêtise qui le tracassait que la désagréable sensation de n'avoir plus existé pendant plusieurs heures, d'avoir jeté un morceau de sa vie à la poubelle. Dans la grande allée du centre commercial, sans même qu'il le remarque, Mario marmonnait des injures à lui-même.

Avant de sortir, il retira quatre cents dollars du guichet automatique. Dehors, la canicule persistait. Le soleil plombait sur les capots des trois taxis garés. Mario entra dans le premier. Lorsqu'il sentit l'haleine de son client, le chauffeur baissa toutes les vitres en pressant sur un bouton de la portière :

— C'est pour aller où ?

— Au Bourbon Street Club, s'il vous plaît.

— C'est à Sainte-Adèle, ça ?

— Oui, j'ai oublié mon auto là-bas…

— Hé hé ! Moi, si j'oubliais mon auto, je serais dans la rue… Pour Saint-Sauveur, c'est cinquante dollars fixe. C'est bon pour vous ? demanda le chauffeur.

— Oui, pas de problème.

La Buick grise démarra lentement et quitta le vaste stationnement du Carrefour du Nord. En approchant de l'endroit où il s'était réveillé une heure plus tôt sur la 15, Mario regarda par la fenêtre, espérant trouver un quelconque indice qui lui permettrait de reconstituer la soirée de la veille. Il ne reconnut toutefois pas l'endroit précis de son réveil et il comprit que cette recherche était inutile. Mario s'accota contre la portière afin de sentir le vent sur son visage enflé. Le chauffeur, sous sa casquette jaune John Deere, ne disait pas un mot. Derrière ses grosses lunettes de soleil Ray-Ban, il jetait régulièrement des coups d'œil sur son client, qui cognait des clous en regardant défiler le paysage montagneux des Laurentides.

La sonnerie de son téléphone cellulaire réveilla Mario, alors que le taxi était rendu à Piedmont, non loin de l'horrible robinet géant des glissades d'eau.

— Oui allo ?

— Mario ? C'est Charles ! Ça file ?

— Pas si pire, pas si pire… Mais je crois en avoir manqué quelques bouts hier soir.

— Oui, moi aussi… J'essaie de rejoindre Marco. Tu lui as parlé ?

— Non. Moi aussi, j'ai essayé de l'appeler. À quelle heure es-tu parti hier ? Est-ce que j'étais avec toi ?

— Oh boy, mon Mario ! T'as vraiment manqué un bout ! Hé hé ! Je suis parti vers deux heures avec Vanessa. Tu voulais pas embarquer dans notre taxi ; tu disais que tu en prendrais un plus tard… T'étais déjà pas mal saoul ! T'avais enlevé ton chandail pour niaiser et tu montrais tes muscles au monde en hurlant… Ça faisait peur, mon vieux ! Hé hé hé !

— OK… Et les autres ? demanda Mario, contrarié par ce récit.

— Quand je suis parti, Marco et Chantale étaient encore là. Tu ne les as pas revus ?

— Oui, sûrement…

— Fais-tu de quoi ce soir ?

— Non… Je vais rester tranquille pour un petit bout, je crois…

— Ouais ouais, Mario ! C'est ça ! À bientôt !

— Salut.

Mario tenta de se rappeler la scène du taxi que Charles venait de lui raconter. Il eut la désagréable impression que son ami parlait d'un étranger alors qu'il parlait de lui. Charles aurait pu lui raconter une fiction que Mario n'aurait pas plus eu l'impression d'être lui, un peu comme s'il n'était qu'un personnage sans mémoire. Et il sentit un vide grandir en lui. Pour un moment, il eut le sentiment que sa vie ne serait jamais plus comme avant.

Lorsqu'il vit son Audi TT garée dans le stationnement du Bourbon, Mario pensa à sa mère, qui toujours lui rappelait les méfaits de l'alcool au volant. Au moins, se disait-il, je ne mourrai jamais ivre au volant. Il eut envie d'appeler sa mère, pour lui demander comment elle allait, mais il se ravisa. Elle aurait sans doute deviné que quelque chose clochait. Il paya le chauffeur et lui laissa dix dollars en pourboire.

— Merci ! dit-il, souriant. Vous allez être correct pour conduire ?

— Oui, ça va aller, merci. Bonne fin de journée, monsieur.

Mario déverrouilla sa voiture avec sa commande à distance. Il inspecta la carrosserie grise pour vérifier si personne ne l'avait endommagée. Il ouvrit le coffre et sortit de l'antisudorifique d'un *satchel* Adidas. Il avala deux aspirines et but ensuite le peu d'eau qui restait dans sa gourde. Pas question de s'entraîner aujourd'hui, pensa-t-il, satisfait d'y être tout de même allé cinq fois cette semaine. Il se cala dans le luxueux siège en cuir noir, ouvrit la boîte à gants et prit deux gommes à la menthe Excel. Il se regarda dans le rétroviseur sous tous les angles. « Espèce de con », dit-il en soutenant son propre regard. Il fit glisser le toit ouvrant et s'engagea sur la route 117, en direction de l'autoroute 15. Il était encore courbaturé, mais il n'avait plus mal au cœur. Son bolide fendait l'air, le vent rafraîchissait son visage et son crâne. Lorsqu'il repassa près de l'endroit où il s'était réveillé, Mario regarda de nouveau les hautes herbes du terre-plein central. Le lieu lui paraissait étranger, comme s'il n'y avait jamais mis les pieds. Il n'avait presque plus mal à la tête, du moins il n'y pensait plus. Il ne cherchait plus à comprendre ce qui s'était passé la veille. Il se contentait de rouler vite, de laisser le paysage défiler autour de lui. L'aiguille du cadran de vitesse montait lentement. Mario gardait son pied sur l'accélérateur. Il écoutait le moteur gronder et le vent siffler dans ses oreilles. Il aurait voulu rouler ainsi longtemps, aussi loin qu'il aurait pu, ne pas rentrer au bureau le lendemain, partir sans avertir personne, s'acheter un petit chalet dans le nord du Québec, loin du bruit du quartier financier de Montréal où il accumulait les heures de travail semaine après semaine. Mario enfonça l'accélérateur au tapis. Le cadran de vitesse indiquait 168 km/h. L'aiguille continuait de monter, au même rythme que l'excitation dans son ventre, peut-être la seule émotion qu'il savait bien reconnaître et qu'il recherchait souvent, d'ailleurs. Son bolide dépassait les autres, les laissant loin derrière en un rien de temps. Il allait maintenant à 180 km/h. Il s'imaginait donnant un bon coup de volant, et la voiture capotait et était catapultée jusque dans le champ avant d'exploser… Son cellulaire sonna. Mario lâcha l'accélérateur. En répondant au téléphone, il se rangea dans la voie de droite. Il était sûr qu'il s'agissait de Marco. Il allait peut-être enfin savoir ce qui s'était passé la veille.

— Allo ?

— Bonjour, monsieur Gélinas, je suis Ahmoud Bernabas de la Banque nationale du Canada. Je vous appelle pour vous dire que vous avez été pré-approuvé pour l'incroyable offre de lancement de la nouvelle carte de crédit OR PLUS. Il s'agit…

— Non merci, c'est gentil de votre part, mais je n'accepte aucune sollicitation téléphonique. Merci beaucoup.

— Oui, monsieur, je comprends votre situation, mais permettez-moi d'abord de vous informer des avantages que nous…

— Non merci, vraiment, je ne suis pas intéressé… ajouta Mario, fermement.

— Votre situation nous tient à cœur, sachez-le, mais ne croyez-vous pas que…

— Heille, sacrament ! J'en veux pas de ta carte ! Parle-moi pas de ma situation, j'ai pas besoin de crédit, câlisse ! J'ai jamais manqué d'argent pis j'en manquerai jamais, p'tit crisse d'insolent ! J'ai réussi ma vie, moi ! hurla Mario avant de raccrocher.

Sa tête se remit à tourner. Une grosse veine faisait saillie dans son cou. Des sueurs froides réapparurent sur son front. Il se rangea sur l'accotement, par peur d'être malade de nouveau. Il était tout essoufflé. Il sortit de la voiture. Le vent léger qui survolait la plaine lui apaisa l'esprit en frôlant son crâne et ses joues. Il fit quelques pas vers le fossé et urina. Le ciel commençait à se couvrir de gros nuages ouateux. Mario, qui habituellement gardait son sang-froid, se mit à rire de sa réaction exagérée envers le pauvre vendeur. Il se demanda ce que pouvait bien faire Marco. Il retourna à son véhicule, prit son cellulaire du côté du passager et l'appela. Toujours aucune réponse. Il regarda les voitures passer. Certaines personnes croisaient son regard en roulant. Mario les fixait intensément, comme par défi, profitant du fait qu'il ne les reverrait jamais, qu'après une fraction de seconde ils seraient rendus beaucoup trop loin pour poursuivre ce moment de fausse intimité. Il s'accota sur la portière du côté du passager et regarda le vaste champ de maïs devant lui. Au loin, il pouvait voir ce qui semblait être des silhouettes de vaches dans un pâturage, près d'une grange blanche et d'un énorme tas de fumier. Il défit un bouton de sa chemise et la secoua pour faire du vent sur son torse. Il fit une autre tentative pour se rappeler la soirée de la veille, mais encore une fois seule une masse d'images hétéroclites se succédaient dans un ordre confus. Il sortit de son portefeuille la carte du conseiller financier Mark Pettinger. Le numéro au verso était décidément écrit par lui. Il tourna et retourna la carte dans sa main, en regardant pensivement vers la grange au loin. Il composa enfin sur son clavier les chiffres inconnus. Peut-être que cette personne pourrait l'aider à se rappeler sa soirée, pensa-t-il, découragé d'en être rendu là, de devoir appeler des inconnus pour reconstituer un petit morceau de vie qu'il jugeait avoir inutilement jeté dans la nuit. Il y eut une seule sonnerie ; aussitôt une jeune femme répondit.

— Centre de désintoxication Le Portage, bonjour ?

— …

Mario ne pouvait dire un seul mot. Il sentit sa gorge se serrer. Il regarda de nouveau le numéro sur la carte, incapable de se souvenir que celui-ci avait été écrit par sa main.

— Allo ? Est-ce que ça va ? Je peux vous aider ? demanda la femme à l'autre bout du fil.

— Non… Non merci… Je… je me suis trompé de numéro… répondit Mario d'une voix tremblante.

— Vous êtes certain, monsieur ? Vous allez bien ?

Mario referma son cellulaire. Sa bouche était restée ouverte, son regard incrédule fixait le cellulaire. Sa mâchoire tremblait toujours. Il se laissa glisser contre la portière du véhicule pour s'asseoir au sol. Il serra fort le poing. Ses mains étaient devenues moites. Il eut envie de frapper sur son Audi mais se sentit aussitôt envahi par une brusque fatigue, comme si tous ses muscles se relâchaient en même temps, que son corps se ramollissait et voulait l'abandonner. Il serrait les mâchoires, en guise de résistance. Son cellulaire sonna. Mario se releva rapidement en essuyant ses yeux mouillés du revers de sa main. Il vérifia sur l'écran du cellulaire avant de répondre ; il avait peur que ce soit la demoiselle du Portage qui le rappelle. C'était Marco.

— Hé hé ! Salut, Mario ! Prêt pour le grand soir ?

— Pardon ? De quoi tu parles ?

— Hé, bonhomme ! Es-tu encore saoul ? La loge au Centre Bell, le show de The Who… La belle Caroline de la Banque de Montréal, avec toutes ses amies… Non ? Ça te rappelle rien ?

— Non, Marco… Excuse-moi, j'ai raté un bout hier. Je pense que je suis malade, je ne ferai rien ce soir. On se rappelle, OK ? répondit Mario d'une voix neutre et monotone, toujours en regardant vers les vaches près de la grange, au loin.

— Hé, attends ! Tu peux pas me…

Mario ferma son cellulaire et le lança sur la banquette arrière de la voiture. Une image simple mais forte persistait dans son esprit : des vaches en train de paître, mâchant calmement de l'herbe sous le soleil torride, regardant les voitures filer à toute allure sur l'autoroute, au loin. Sans se poser de questions, il décida d'aller vers la grange. Il ferma le toit ouvrant de la voiture, verrouilla les portières et activa le système d'alarme. Il descendit le fossé et marcha vers le champ de maïs. Les épis formaient un long mur devant lui. Il ne voyait plus l'horizon, ni les vaches, ni la grange blanche. Sa respiration s'accélérait ; il se sentit étrangement excité à l'idée d'entrer dans le champ. Pouvait-il se perdre ? se demanda-t-il. Un automobiliste klaxonna en passant devant son Audi garée sur l'accotement. Mario se retourna et salua la voiture. Il se glissa entre deux plants de maïs, sous les cris nasillards des grillons tapis dans l'herbe chaude.

Il avançait lentement dans le champ de maïs, voyant à peine à quelques mètres devant lui. La sueur commençait à traverser sa chemise. Sa respiration s'écourtait tellement il était excité. Il se sentit rajeuni. C'était la même sensation que lorsqu'il allait espionner ses voisins quand il était enfant. Une sorte de chatouillement à l'intérieur de sa cage thoracique. « Qu'est-ce que je fais là ? », dit-il à haute voix. Il pouffa de rire. Il continua à avancer, lentement.

Il se demanda soudainement s'il était dans la bonne direction, s'il allait bel et bien vers les vaches. Il se retourna et écouta. Les automobiles qui filaient sur la 15 lui firent croire qu'il s'était trop enfoncé vers la gauche. Il tourna un peu à droite et avança d'une dizaine de pas. Il n'était plus sûr. Il écouta de nouveau les automobiles. Il reprit un peu à gauche. À peine une minute plus tard, une envie d'uriner le fit s'arrêter. Il se soulagea en observant le ciel. Il regarda le soleil trop longtemps et des taches de couleur apparurent dans son champ de vision, ce qui l'étourdit un moment. Il baissa la tête et remarqua que son urine dégouttait des feuilles d'un épi et tombait sur ses sandales. Il enleva ses pieds brusquement et faillit tomber. En reprenant son équilibre, il vit le corps d'une grosse couleuvre se glisser entre deux tiges. Il recula de deux pas et chancela de nouveau, mouillant son short d'urine. Il chercha la couleuvre au sol mais ne la trouva pas. Y avait-il vraiment une couleuvre ? se demanda-t-il en se secouant. Il examina le sol autour de lui et recommença à avancer. Le bruit du trafic sur la 15 lui venait maintenant de la droite. Il ne comprenait plus où il devait aller. Il ne parvenait pas à se rappeler l'emplacement des vaches. Il ne se rappelait même plus d'où où il était parti. Il n'entendait que le chant des grillons.

Les sueurs froides reprirent. Il regarda partout autour de lui, puis se mit à courir. Après quelques enjambées, il s'essouffla et tomba au sol. Il vomit encore de la bile. Son visage était crispé par la douleur et ses yeux étaient rouges et larmoyants. Il se mit à genou et cracha. Il se leva lentement, encore tout étourdi. Il se sentait ivre de nouveau ! Il tituba quelques pas et vit qu'il était rendu au bord de l'autoroute. Sa voiture était à vingt mètres à sa droite.

Il démarra la voiture et s'engagea sur la 15. Il appela Marco.

— Allo ? dit son ami.

— Salut, Marco… C'est à quelle heure, pour le Centre Bell ?

Un pays libre

Je me demandais pourquoi j'avais accepté cette cigarette. Je ne fumais même pas. Mais ce soir-là, à table avec ces étrangers dans le bar de l'hôtel, on m'en avait offert une et j'avais dit oui. La réponse avait surgi de moi comme ça, sans réfléchir, et ma voix m'avait semblé être celle d'un autre homme. « Yes, thank you. »

La première soirée du congrès s'était terminée une heure plus tôt et Theresa, une représentante d'une autre compagnie, m'avait demandé si je voulais bien me joindre à elle et quelques amis pour un verre. J'avais dit oui naturellement, sans bafouiller, sans avoir l'air désemparé. Cela m'avais surpris, lorsque j'y repensai, debout devant la glace en me peignant les cheveux pour cacher ma calvitie naissante, avant de descendre au bar.

— I thought you didn't smoke? m'avait dit Theresa, étonnée.

— I don't... avais-je répondu en souriant, d'un sourire niais, me semblait-il.

La femme dont j'avais oublié le nom, assise en face de moi, m'avait regardé en souriant, mais ensuite elle avait aussi regardé Theresa en levant légèrement les sourcils. Bien que j'eusse essayé, je n'avais rien décelé dans le visage de Theresa qui pût m'indiquer quoi que ce soit sur ce qu'elle pensait.

C'était une Marlboro. Et comme toutes les cigarettes

que j'avais un jour ou l'autre fumées, elle était infecte. Je m'étais tout de même forcé à inspirer la fumée au plus profond de mes poumons et à la garder là quelques secondes. Quand j'ai expiré la première bouffée, j'ai immédiatement été étourdi. Ce n'était pas désagréable, mais je sentais que c'était malsain. Je me suis alors demandé si j'avais recraché la fumée tel un vrai fumeur, si les gens autour remarquaient, à mes manières, que je ne fumais jamais. Mais personne ne me regardait, à part le barman qui me fixait sévèrement.

Le barman s'approcha de la table et s'adressa à Andy, qui m'avait donné la cigarette.

— You're not allowed to smoke in here, sir. I'm sorry, it's a state law. You'll have to smoke outside.

Les gens assis aux tables voisines nous observaient. Theresa aussi. Elle esquissa un sourire. Un sourire d'embarras, me semblait-il. Je me suis donc levé pour aller fumer dehors. En me dirigeant vers la sortie, j'ai vu Andy caler son scotch d'un trait et écraser sa cigarette sur les glaçons au fond du verre, puis se tourner, tout sourire, vers Theresa pour lui parler. En passant la porte de sortie, je me suis demandé si je m'étais arrêté complètement pour regarder Andy et Theresa. Avait-on remarqué cet arrêt ? Mais peut-être n'avais-je que ralenti…

La nuit était fraîche et venteuse. Je pensais à ces grands vents qui soufflaient depuis la mer jusqu'entre les édifices de la ville, au plus creux des quartiers de San Francisco ; ça m'a fait sentir minuscule, infime, négligeable. J'ai tiré un coup sur ma cigarette et j'ai gardé la fumée en moi pendant deux secondes, puis je l'ai expirée à travers mes narines. J'ai alors eu l'image vive de la fumée du tabac qui restait dans ma tête, comme de la boucane dans un lieu clos. J'étais encore étourdi par la première bouffée. J'ai tapé légèrement du doigt sur ma cigarette pour en faire tomber les cendres, mais sans succès. J'ai donc tiré de nouveau sur ma cigarette, sans toutefois inhaler la fumée, simplement pour créer de la cendre. Je l'ai ensuite tapotée, et les cendres furent saisies par le vent humide de la ville. Je me suis demandé si j'irais voir la mer pendant le week-end puisqu'elle était si proche.

Je tenais ma cigarette entre mon majeur et mon index, j'ai tiré un coup, puis l'ai reprise, cette fois-ci entre mon pouce et mon index, comme j'avais souvent vu d'autres hommes le faire. J'ai continué à la fumer de cette façon. Après un moment, j'ai eu la nausée. J'avais soif, mais je ne voulais pas retourner à l'intérieur et revoir les autres. Je me suis dirigé vers Market Street, étourdi. Pendant un moment, j'ai eu peur de vomir.

Il était environ onze heures. Market Street était bruyante et peuplée de clochards, de toxicomanes et de perdus, mais aussi de jeunes branchés, de chic hommes d'affaires et de touristes. On quêtait, on cherchait un vendeur de crystal meth, on flânait par désœuvrement ; on parlait, on attendait le bus, on déambulait pour le plaisir.

Je tenais toujours ma cigarette mais ne la fumais plus. J'ai marché jusqu'à Stockton Avenue, puis vers Union Square. J'étais encore pris de nausée. J'espérais que cela passerait afin de pouvoir fumer de nouveau, même si ça m'écœurait. J'ai quand même tiré un dernier coup avant de jeter la cigarette dans la rue en grimaçant.

Je me suis assis sur un banc à Union Square, où j'ai regardé une troupe de danseurs en patins à roulettes, à côté de la grande statue. Ils étaient une quinzaine, en deux rangées, imitant tous les mouvements d'un danseur devant eux. Des touristes s'arrêtaient pour les regarder, riaient et prenaient des photos. J'ai levé la tête vers le haut de l'édifice devant moi et j'ai vu des gens appuyés sur le bord de la terrasse de la Cheesecake Factory. Je me suis demandé s'il y en avait parmi eux qui me regardaient. J'ai quitté mon banc et me suis remis à marcher dans Stockton Avenue, vers le quartier chinois.

Je suis passé à travers un tunnel où je n'ai rencontré personne. Dans le quartier chinois, la plupart des devantures de magasins étaient protégées par des grillages ou des cloisons amovibles. Je n'ai croisé qu'un clochard, au regard fuyant, qui traînait un tas de vêtements, de couvertures et de magazines dans un chariot d'épicerie. La rue était sale. Des feuilles de journaux volaient en frôlant le sol. Devant les marchés d'alimentation traînaient des bouts de laitue et de racines noircies. Une forte odeur de poisson émanait des lieux. J'ai bifurqué et j'ai abouti bientôt dans une ruelle très propre appelée Jack Kerouac. Je m'y suis arrêté pour lire les citations dudit Kerouac, de Ferlinghetti, de Li Po et de Confucius inscrites sur le sol. J'y comprenais peu de chose.

Lorsque je suis passé devant un club de danseuses, dans Columbus Avenue, j'ai eu l'idée d'y entrer, mais j'ai continué mon chemin et j'ai salué de la tête le grand portier en complet noir qui m'invitait à l'intérieur. C'était un bar Hustler. Une affiche sur la façade du commerce montrait le derrière nu et lisse d'une femme de profil. La mince corde d'un string entourait sa taille fine et disparaissait entre ses fesses.

Au coin de l'intersection suivante, j'avais une forte envie de revenir et d'entrer dans le bar, mais j'hésitais. J'aurais sûrement passé pour un type qui ne va jamais aux danseuses, en revenant de la sorte. J'ai continué en me disant que je repasserais peut-être plus tard pour y entrer. Revenir et entrer, sans l'ombre d'un doute, comme un homme qui veut voir des femmes danser et qui entre sans broncher. J'ai traversé Columbus Avenue sur un feu rouge en me dépêchant et me suis dirigé vers Kearny Avenue.

Il y avait çà et là des panneaux publicitaires chinois, entre les magasins d'appareils électroniques et les restaurants américains. Kearny était beaucoup moins fréquentée que Columbus. Quelques voitures passaient. Quelqu'un criait parfois, au loin, plus au nord, vers Broadway. J'ai marché encore un peu avant de décider de revenir sur mes pas. J'ai toutefois attendu trois autres pâtés de maisons avant de changer de côté de rue, puisqu'un couple d'amoureux arrivait en sens inverse et que je ne voulais pas qu'ils voient que je revenais sur mes pas. Lorsqu'ils furent plus loin, j'ai enfin changé de côté de rue et suis reparti vers le nord.

Je m'imaginais au bar Hustler. Je saluerais le portier, lui donnerais vingt dollars et irais m'asseoir dans un coin. Une fois assis, tout irait bien. Je pensais à cela en serrant ma liasse de billets dans ma poche lorsque j'ai remarqué l'enseigne d'un salon de massage thaï. J'ai ralenti pour jeter un coup d'œil derrière la porte grillagée, où des escaliers propres et bien éclairés menaient à un sous-sol. Quelques pas plus loin, je me suis arrêté net et me suis retourné. J'ai regardé de nouveau l'enseigne et je me suis retenu de regarder autour, même si j'en brûlais d'envie, pour voir si on m'observait. J'ai appuyé sur la petite sonnette, juste au-dessous du néon rose qui indiquait *Open*. J'ai ouvert la porte au son du signal et j'ai lentement descendu les escaliers, comme un homme qui entre dans un salon de massage, me suis-je dit.

La première pièce était meublée d'un sofa noir en cuir abîmé et d'une table à café, sur laquelle reposaient quelques revues pornographiques. Un homme trapu, d'un calme froid, leva les yeux de son *Swank*, me fit un signe de tête, indiquant la porte située dans le coin de la pièce, puis retourna à la lecture de sa revue.

Une petite Thaïlandaise d'une trentaine d'années

m'ouvrit la porte. Elle portait une jupe courte et une camisole en soie turquoise qui moulait sa poitrine ronde et d'apparence ferme. Ses joues étaient fardées de rouge et ses yeux, maquillés de mascara. « Please come in, come in », me dit-elle de sa voix aiguë, avec un sourire que j'ai jugé sincère. Je me suis dit qu'elle semblait contente de me voir et, bien que je m'en réjouisse, je me suis demandé si elle attendait que je dise quelque chose. J'ai simplement hoché la tête en souriant.

Un vieux tapis vert couvrait le sol dans le corridor. Des peintures de paysages asiatiques sur les murs. J'avais l'impression d'être un intrus dans une demeure familiale. Une Thaïlandaise plus jeune passa alors devant nous, pressée, sans nous regarder, et j'ai regretté que ce ne fût pas elle qui me reçoive. J'aurais pu la demander, mais je craignais de peiner mon hôtesse, qui m'invitait alors à la suivre.

Elle m'emmena dans une pièce éclairée par une faible lumière jaune où jouait en sourdine de la musique orientale. Près de la table de massage, il y avait une chaise ainsi qu'une étagère sur laquelle étaient placés des mouchoirs, des serviettes et quelques bouteilles d'huile. Il y avait aussi un petit miroir sur le mur et, dans le coin de la pièce, une douche. Elle m'invita à m'asseoir. Je lui souriais ; il me semblait que c'était de circonstance. Elle me rendait mes sourires. Elle avait un beau sourire. Elle n'avait pas l'air de remarquer mon malaise. J'avais peur qu'on m'arnaque. L'idée qu'on viendrait me battre et qu'on me volerait mon argent me traversa l'esprit. Je me suis dit que je serais prêt à me battre, si les choses avaient à en venir là.

D'emblée, elle m'informa des prix. Cinquante dollars pour une demi-heure, quatre-vingts dollars pour une heure. Je lui dis que je prendrais une demi-heure. Elle me demanda de me dévêtir complètement et de m'allonger sur la table, et ajouta qu'elle reviendrait dans une minute. J'ai regardé son cul pendant qu'elle quittait la pièce. Je n'avais aucun désir pour elle, mais cela viendrait sûrement, ai-je pensé. Je me suis dévêtu et j'ai pris soin de mettre mes clés sur mon pantalon, me disant que cela ferait du bruit si jamais on tentait de fouiller dans mes poches pendant le massage. Je suis resté assis quelques secondes à observer les recoins de la pièce, à la recherche d'une caméra cachée, puis j'ai regardé mon sexe pendre entre mes jambes. Dans le miroir, j'ai regardé ma chevelure de profil, qui commençait à se dégarnir depuis deux ans. J'ai posé la main sur mon ventre et j'ai soupiré. Je me suis dit qu'elle avait sûrement vu des hommes beaucoup plus laids que moi, qu'elle devait même en avoir vu d'horribles. Cette pensée me rendit triste. Je me suis allongé sur le ventre et j'ai étendu les bras de chaque côté de ma tête pour avoir l'air détendu. J'ai remarqué que je soupirais beaucoup et j'ai arrêté.

Quand j'ai entendu la porte s'ouvrir, j'ai voulu lever la tête, mais je me suis retenu. Elle frôla mes cuisses et mes fesses du bout du doigt, puis elle prit la bouteille d'huile qui était sur l'étagère. En m'en enduisant le dos, elle me demanda si j'étais en ville pour affaires ou si j'étais en vacances. Je lui ai répondu que j'étais là pour affaires, et tout de suite je lui ai demandé si elle habitait à San Francisco depuis longtemps. En m'étendant l'huile sur les cuisses et les mollets, elle me dit qu'elle était ici depuis cinq ans. Je lui ai alors demandé si elle avait habité en Thaïlande avant cela. Ça me faisait du bien de lui parler. Elle me massait très légèrement; ses mains étaient délicates, faibles même. Je ne ressentais aucune pression sur mes muscles. C'étaient plutôt des caresses.

Elle avait quitté la Thaïlande sept ans plus tôt et avait habité deux ans à Miami avant d'arriver en Californie. Elle me dit qu'elle aimait bien la ville. Lentement, mon corps se détendait. Je lui ai dit que je venais de Québec, que je travaillais pour une compagnie de portes et fenêtres, et que j'avais peu voyagé. Je ne sais pas pourquoi je suis allé jusqu'à lui dire que je n'avais vu la mer qu'une seule fois, avec mon ex-femme, mais sans doute que cela m'a donné l'air d'être à l'aise. Elle me demanda si je profiterais de mon séjour pour aller à la mer. Je lui ai dit que oui, j'irais.

Elle me demanda de me retourner et j'étais gêné de lui montrer que je n'étais pas bandé. J'ai eu peur qu'elle sache que je n'avais pas de désir pour elle. Elle s'est assise à côté de moi, sur la table, et m'a caressé le torse, puis le sexe, lentement. Elle m'a demandé si je savais qu'elle offrait d'autres services que le massage, et j'ai répondu que je le savais. « How much is it ? » ai-je demandé, honteux. J'avais dit cela comme un type qui ne payait jamais pour du sexe, qui ne savait pas trop quels étaient les prix. Deux cents dollars pour « everything, mouth and sex », cent cinquante dollars « mouth only » et cent dollars « hand job ». Je lui ai dit que j'aimerais « everything », mais que je n'avais qu'environ cent dollars sur moi. Elle m'a proposé d'utiliser une carte de crédit ou de débit et m'a demandé d'enrouler une serviette autour de ma taille et de la suivre dans une autre pièce pour effectuer le paiement.

En la suivant, pieds nus sur le tapis du corridor, j'ai eu l'éphémère impression d'être chez moi, d'être à ma place, là, et que tout irait pour le mieux. En entrant dans l'autre pièce, elle se mit à parler en thaï. C'était une pièce étroite où trois femmes, couchées sur deux matelas doubles collés, regardaient la télévision. Elles me jetèrent un bref coup d'œil, totalement indifférentes. L'une d'entre elles semblait très jeune, presque adolescente. Elle était sous une couverture de laine. Son petit visage était pâle et fatigué. Les deux autres femmes portaient des robes de chambre en soie, de couleurs vives. À la télévision, un politicien chinois parlait dans sa langue et, sous son visage, au bas de l'écran, défilaient des informations en mandarin.

Elle me demanda ma carte de débit. J'avais hâte de quitter la pièce. Pendant que le modem acheminait la transaction, je continuais à regarder le politicien à la télévision. J'avais maintenant l'impression que l'adolescente me scrutait, bien que je n'eusse pas le courage de vérifier. « It's OK », dit mon hôtesse en souriant et en me remettant ma carte. Je n'ai pas attendu l'impression du reçu et j'ai quitté la pièce en la remerciant. Elle me suivit.

J'étais debout devant la table de massage pendant qu'elle refermait la porte. Elle enleva sa camisole, découvrant sa poitrine énorme et fixe, aux mamelons minuscules couronnés par de minces aréoles. Je la regardais dans les yeux. Je ne voulais pas qu'elle croie que j'étais un pervers. Elle ferma les yeux. Je l'ai laissée prendre ma main et la poser sur son sein. Sa peau était soyeuse, d'une douceur que je n'avais jamais touchée jusque-là. Elle me retira ma serviette et m'invita à m'étendre. Elle enleva sa jupe et monta sur moi, les yeux fermés. Elle avait de petites cicatrices de chirurgie sous ses seins. Je lui caressais les seins pendant qu'elle me caressait le sexe qui, lentement, durcissait. Elle m'enfila un condom, s'agenouilla entre mes jambes et mit mon sexe dans sa bouche. Elle me suçait doucement, les yeux fermés, pendant que je la regardais. J'avais envie de lui dire que j'aimais ça, je ne sais pas vraiment pourquoi; de toute façon, je n'ai pas dit un mot. Je me contentais de soupirer lentement en caressant sa chevelure noire et soyeuse. Elle me demanda ensuite comment je voulais me placer pour la pénétrer, et j'ai répondu que cela ne me dérangeait pas, alors qu'en fait j'aurais voulu la prendre par-derrière. Elle me tira vers elle pour que je me lève et elle s'étendit sur la table. Elle écarta les jambes et ferma les yeux. Son pubis était rasé, et une cicatrice de césarienne marquait son ventre. Ses seins durs restaient en l'air comme deux ornements fixes. Je suis parvenu à la pénétrer, malgré l'inconfort et l'absence de désir. Je n'osais pas me coucher sur elle et je l'ai pénétrée à genoux. La table de massage était étroite et je m'y sentais contraint, comme si nous étions tous deux pris dans un cercueil. Elle gémissait par moments, machinalement, me semblait-il. « Yeah. That's it », qu'elle disait alors de sa petite voix.

Finalement, j'ai trouvé le courage de me retirer pour la retourner. Elle a ouvert les yeux, et j'ai cru y voir de la peur. Je lui ai dit que je voulais la prendre par-derrière. Elle secoua la tête et me présenta ses fesses. Elle avait des ecchymoses autour de la taille et sur les lombes, à cause de clients plutôt agressifs, pensai-je. Je l'ai pénétrée quelques minutes, sans ardeur, alors qu'elle gémissait faiblement. Je pensais à maintes choses, notamment à mon ex-femme, à Theresa et à la mer. J'ai ensuite tenté de me concentrer sur ce que je faisais. Je me suis dit qu'il fallait que cela prenne fin bientôt.

Je savais que j'aurais pu la pénétrer ainsi pendant longtemps, dépourvu de désir, tirant sa fine taille vers moi, claquant sa peau contre la mienne. Cette idée m'angoissait. Je lui ai demandé si la séance continuerait jusqu'à ce que je jouisse. Elle me répondit que je n'avais qu'une demi-heure. Elle se retourna alors et me dit qu'elle voulait me voir jouir. Elle se coucha sur le dos et j'ai craint qu'elle ne veuille continuer dans la position du missionnaire, mais elle me demanda plutôt d'éjaculer sur elle. Je me suis masturbé pendant qu'elle se tenait la poitrine, les yeux maintenant fermés. Je regardais fixement ses seins ronds et durs, qu'elle pressait maintenant avec force. Étrangement, j'étais maintenant très excité. Quand je me suis mis à respirer plus profondément, elle s'est relevée un peu et m'a présenté sa poitrine. J'ai éjaculé dans son cou et sur ses seins, en quelques soupirs saccadés, puis j'ai laissé tomber mon pénis sur son sein et j'ai passé un peu mon gland sur son mamelon. Elle avait toujours les yeux fermés.

Elle m'a dit de prendre une douche et de me rhabiller pendant qu'elle irait faire de même. Je l'ai remerciée, et lorsqu'elle fut sortie, je suis resté assis quelques secondes, nu, à fixer mon regard dans le miroir. Sous la douche, je me suis demandé si j'irais vraiment voir la mer.

Elle vint me chercher quelques minutes plus tard, souriante, et me raccompagna à la porte. Elle me passa la main dans le dos et me souhaita une belle fin de séjour. J'ai eu envie de l'embrasser sur les joues, pensant que cela serait peut-être gentil, mais je me suis contenté de sourire et de remuer la tête. Le type qui feuilletait une revue pornographique à mon arrivée n'était plus là.

J'ai monté l'escalier et j'ai pensé à l'éventualité que des passants soient dans la rue au moment où je sortirais. J'ai redressé les épaules et écarquillé les yeux comme si je venais de me réveiller, puis je me suis raclé la gorge. Lorsque je suis sorti, un utilitaire sport attendait à un feu rouge, juste devant la porte grillagée. J'ai entendu des gens rire à l'intérieur, mais je ne les ai pas regardés et me suis dit qu'ils devaient rire parce que c'était vendredi soir et qu'ils faisaient la fête. Je me suis répété que les gens normaux faisaient la fête le vendredi soir et qu'on ne riait pas de moi. J'avais fait ce que j'avais fait, voilà tout. Un massage, oui. C'était un pays libre.

Je repartais vers l'hôtel lorsque j'ai entendu murmurer derrière moi. Je ne me suis retourné que lorsque la voix m'a interpellé de nouveau. Un mulâtre dans la trentaine, vêtu d'un complet chic, se dirigeait vers la porte grillagée.

— Cum shot ? demanda-t-il, dans une sorte d'excitation complice.

— What ? ai-je dit, même si j'avais compris.

Cet homme, qui m'adressait si familièrement la parole, me dégoûtait.

— Cum shot ? répéta-t-il en faisant un signe de tête vers la porte.

— Yes. Cum shot… ai-je dit, mais déçu d'avoir répondu.

Sur le chemin du retour, je me suis arrêté dans un casse-croûte où j'ai demandé un cheeseburger, une frite et un cola. J'ai mangé dehors, sur un banc à Union Square. Après avoir mangé, j'ai eu l'impression que ma peau était poisseuse et sale, que chacun de mes pores regorgeait de graisse. Les frites m'écœuraient. Je n'avais plus faim. Lorsqu'un mendiant, qui traînait avec lui un gros sac à ordures, s'approcha pour me demander quelques sous, j'ai fait non de la tête. Le mendiant me souhaita une bonne soirée. Muet, je l'ai regardé s'éloigner avec son vieux sac à ordures et j'ai avalé mes frites jusqu'à la dernière.

Avant de monter à ma chambre, je suis passé au bar de l'hôtel pour voir si Theresa était encore là, mais seul le barman y était et passait un linge sur le comptoir. Je ne voulais pas attendre dans l'ascenseur, alors j'ai pris les escaliers pour monter à ma chambre, au cinquième étage. J'avais très chaud. À mi-chemin, j'ai enlevé mon veston. Deux ronds de sueur marquaient maintenant ma chemise, sous mes aisselles.

Je me suis regardé dans la glace de la salle de bains. Ma peau était poisseuse ; mon front luisait. J'avais un désagréable goût d'oignon dans la bouche. Je me suis aspergé le visage d'eau en me demandant si je me brosserais les dents, puis j'ai séché mon visage, enlevé mes chaussettes et me suis tout de suite étendu sur le lit. Je me suis dit que je devrais me lever pour aller éteindre la lumière, mais je me suis endormi en fixant l'ampoule au plafond et en écoutant les clameurs nocturnes de la ville. J'ai pensé à la mer. Je ne savais toujours pas si j'irais.

Votre mari chasse?

Lorsqu'elle s'entendit accompagner la voix grave de Barry White, Sylvie pensa qu'elle commençait enfin à se sentir mieux. Elle avait beau dire à ses amies qu'elle ne prenait pas la clairvoyance au sérieux, elle sentait tout de même que ce que la tireuse de cartes allait lui dire l'apaiserait, ou du moins lui laisserait l'esprit tranquille. Elle saurait à quoi s'en tenir.

You're my first,
You're my last,
My everything.
You're the answer to
All of my dreams

Elle roulait sur les routes sinueuses de Sainte-Marguerite-du-lac-Masson, impatiente d'en finir avec l'incertitude dans laquelle s'embourbait son esprit, mais libérée de cette lourdeur qui l'avait épuisée ces dernières semaines. Son sommeil était toujours tourmenté, les journées étaient interminables et elle se sentait insupportable, avec elle comme avec les autres.

Sur le conseil de son amie Josée, elle avait appelé la veille la tireuse de cartes. Une certaine Mme Ouellet.

— Oui, bonsoir?

— Bonsoir... Vous êtes madame Ouellet? demanda Sylvie, incertaine.

— Oui, c'est moi, répondit une voix claire, qui sembla un peu trop jeune à Sylvie.

— Mon amie Josée Beauchamp m'a donné votre numéro… J'aimerais me faire tirer les cartes… Le plus vite possible… Si c'est possible…

— Le plus vite possible si c'est possible… répéta la voix (avec un brin de moquerie ? pensa Sylvie). Oui, c'est possible. Vous êtes madame ?

— Sylvie. Je m'appelle Sylvie.

En ne mentionnant que son prénom, Sylvie s'assurait que la tireuse de cartes ne pourrait faire aucune recherche sur elle ; elle avait même sécurisé son appel, en faisant étoile 67, avant de composer le numéro.

— D'accord, Sylvie. Est-ce que demain soir vous irait ?

— Ah oui ? Si vite ? Bien sûr que ça m'irait… répondit Sylvie, énervée, cherchant un papier et un crayon pour noter les coordonnées de Mme Ouellet.

Il se mit à tomber une fine pluie sur le pare-brise de la Jetta noire de Sylvie. Elle mit les essuie-glaces en marche et remonta la vitre de sa portière. Craignant de glisser aux endroits où des feuilles mortes jonchaient la route, elle ralentit un peu. Rapidement, la pluie s'intensifia et la température se refroidit. L'automne arrivait vraiment plus tôt dans le Nord, pensa Sylvie en tournant le bouton de contrôle du chauffage. « Ah ! comme c'est beau ! » dit-elle à haute voix en passant devant un gigantesque érable en face d'un petit lac. Les longs bras tordus du feuillu s'élançaient au-dessus de la route et jusqu'au-dessus de l'eau trouble du lac. Elle repensa au projet d'acheter un chalet avec Michel, projet qui toujours avortait pour des raisons d'argent. Comment son radin de mari pouvait-il dépenser des milliers de dollars chaque année pour un voyage de pêche dans le Grand Nord, tout en étant incapable d'acheter un simple chalet à la campagne? Elle n'en savait rien. Lorsqu'ils en parlaient, elle avait si peur qu'il se choque qu'elle n'insistait pas. Elle détestait l'entendre crier, ce qui arrivait inévitablement si elle s'obstinait trop. Elle monta le volume de la musique. La voix de Barry White la réconfortait. Elle en eut des frissons et se remémora l'époque où elle était fillette, quand son père la prenait dans ses bras, qu'il lui chuchotait qu'il l'aimait en lui donnant de petits becs sur le front et sur les joues, chatouillant son cou avec sa longue barbe souple. Elle eut une envie soudaine de pleurer. Elle arrêta la voiture au bord de la route et éteignit le moteur. Elle ferma les yeux et s'appliqua à inspirer et à expirer lentement. Elle croyait que si elle arrivait chez Mme Ouellet avec les yeux bouffis, cette dernière lirait en elle comme dans un livre ouvert et lui inventerait un baratin à propos d'elle et de son couple. Après plusieurs inspirations profondes, elle parvint à se contenir et expira une dernière fois. Lorsqu'elle ouvrit les yeux, le paysage était embrouillé par la pluie qui coulait sur le pare-brise. De grosses gouttes d'eau tombaient maintenant sur la carrosserie et produisaient comme une rumeur d'applaudissements à l'intérieur de l'habitacle. Elle regarda ses grands yeux verts dans le rétroviseur et en essuya les coins avec un mouchoir, avant de redémarrer le moteur et de continuer sa route. Sous le ciel couvert de nuages gris et denses, le jour tombait.

Est-ce qu'une vraie voyante habiterait une maison si moderne? se demanda Sylvie en garant sa voiture dans l'entrée asphaltée du bungalow. Elle s'attendait à voir une vieille maison de bois, sous de vieux arbres sinistres, près d'une forêt lugubre. Elle se trouva ridicule d'avoir de telles pensées. Elle se mit à rire. Pourquoi pas une maison moderne? pensa-t-elle en regardant le revêtement en vinyle rouge vin de la maison préfabriquée. Le terrain de

Mme Ouellet était impeccable. Les feuilles mortes avaient été raclées récemment, de toute évidence, et les petits cèdres qui longeaient le stationnement avaient été recouverts de sacs de jute, les vivaces coupées, les mauvaises herbes arrachées des plates-bandes, le gazon tondu. Sylvie courut sous la pluie battante, jusqu'à la porte de côté que Mme Ouellet lui avait indiquée au téléphone. Elle cogna trois fois.

— Bonsoir, Sylvie ! Je vous attendais… dit Mme Ouellet en souriant d'un air que Sylvie prit pour de la ruse.

Elle semblait beaucoup plus jeune que ce qu'elle s'était imaginé. Elle semblait être du même âge qu'elle. (Était-elle même plus jeune ?)

— Oui… Pourquoi ? Est-ce que je suis en retard ? demanda froidement Sylvie, se méfiant de ce « je vous attendais » qui lui semblait un peu cliché. (Existait-il vraiment des tireuses de cartes vêtues d'un pantalon et d'un chandail en coton ouaté ?)

— Non. Pas du tout. Il est 18 h 30, comme convenu…

— Oui, bien sûr… Je suis désolée… répondit Sylvie, gênée d'avoir posé cette question paranoïaque.

— Asseyez-vous, ma chère Sylvie.

La porte d'entrée débouchait sur la pièce où les cartes allaient être tirées. Une pièce aux murs blancs, sobrement meublée d'une table et de deux chaises. Une petite fenêtre coulissante sans rideaux donnait sur la cour arrière. Sur la table, un crayon à mine et du papier blanc. Mme Ouellet dit à Sylvie de patienter une minute et ouvrit la porte qui menait à la cuisine. Sylvie enleva son manteau en laine rouge et le plaça sur le dossier de la chaise. Elle s'assit et étira le cou pour voir l'intérieur de la maison. Elle n'eut que le temps d'apercevoir l'impeccable plancher en céramique bleu-gris avant que Mme Ouellet revînt avec les cartes et fermât la porte. Elle n'avait décidément pas l'allure d'une tireuse de cartes, pensa Sylvie en regardant son visage angélique et lisse. Elle aurait préféré avoir affaire à une vieille dame au regard tourmenté, aux cheveux gris, portant un châle vieillot sur ses épaules ou quelque chose dans le style des gitanes. Mais non. Un simple ensemble de coton ouaté gris chiné. Sur le chandail, une grosse tête de loup imprimée en relief. Quel mauvais goût, pensa Sylvie en finissant son inspection sur les pantoufles en Phentex vert et blanc. Pendant un instant, Sylvie regretta d'être venue.

Madame Ouellet donna un coup fracassant sur la table avec son paquet de cartes, pour les égaliser. Sylvie sursauta. Mme Ouellet la regardait droit dans les yeux.

— Que voulez-vous savoir ?

— Bien… Je ne comprends pas…

— Voulez-vous tout savoir ? demanda Mme Ouellet avec gravité, ce qui fit frissonner Sylvie.

— Euh… Si quelqu'un va mourir, j'aime autant ne pas le savoir, si c'est ce que vous voulez dire.

— Oui, c'est un peu ce que je voulais dire… On va commencer. Vous pouvez prendre des notes, car parfois je dis beaucoup de choses.

— Mais… vous ne disiez pas cela parce que vous aviez vu quelque chose… n'est-ce pas ? demanda Sylvie, qui tout d'un coup retrouvait sa foi en la clairvoyance.

— Non, bien sûr… Je n'ai pas encore tiré une carte. Mais soit dit en passant, je ne lis pas juste dans les cartes. Au fur et à mesure de la lecture, des gens viennent parfois me parler, si vous voyez ce que je veux dire…

— Oui, je vois.

Sylvie inspira profondément et regarda par la fenêtre pendant que Mme Ouellet disposait les cartes sur la table. Les branches d'une grande épinette se balançaient dans le vent pluvieux. Sylvie eut un autre frisson. De nouveau, elle se demanda si elle avait bien fait de venir. Elle avait la vague impression qu'elle allait commettre quelque chose de très grave, quelque chose d'irréparable. Est-ce que les esprits parlaient vraiment à cette dame ?

Madame Ouellet était concentrée sur les cartes. Son regard allait de l'une à l'autre dans un ordre que Sylvie ne comprenait pas.

— C'est bon, dit-elle, c'est très bon…

Elle releva la tête vers Sylvie.

— Ah oui ? Eh bien, tant mieux ! dit Sylvie, nerveusement.

— Oui… répéta-t-elle, ça semble bon.

Son regard allait des cartes à Sylvie, de Sylvie aux cartes, des cartes aux murs. Parfois elle levait la tête et ses yeux se promenaient, comme s'ils suivaient le vol d'une mouche.

— Qu'est-ce que vous…

— Vous êtes mariée, n'est-ce pas, Sylvie ? l'interrompit Mme Ouellet.

— Oui… répondit Sylvie en regardant si elle avait bel et bien retiré son anneau de mariage de son annulaire.

— Il travaille dans la vente, n'est-ce pas ? Je le vois vendre des choses, dans l'électronique ? Il manipule beaucoup d'argent… C'est bien lui, votre mari ? dit-elle en regardant vaguement les cartes.

— Oui, oui… Il travaille chez Future Shop. C'est bien lui que vous voyez, répondit Sylvie, souriante.

Madame Ouellet relata différentes choses à propos du lieu de travail de Michel. Plusieurs « visions » semblaient superflues ; Sylvie ne comprenait pas pourquoi elle en parlait. Le patron de Michel, un client qui hurle, un téléviseur qui tombe sur les pieds d'un client et qui lui casse un orteil… Sylvie prenait quelques notes au début, mais elle s'arrêta. Pourquoi Mme Ouellet voyait-elle ces situations ? Avaient-elles vraiment un rapport avec sa vie ?

— Et vous. Votre santé vous préoccupe par les temps qui courent… Votre dos ?

— Oui ! échappa Sylvie, soudainement excitée ; elle regretta de s'être ainsi exclamée. Oui, mon dos me fait mal, reprit-elle d'un ton plus calme.

Décidément, pensa Sylvie, elle était bonne, cette tireuse de cartes… (J'espère qu'elle n'a pas compris que je n'aimais pas son chandail. Peut-elle aussi lire dans mes pensées ?)

— Ne vous en faites pas, je ne vois aucun mal chronique s'installer… dit Mme Ouellet.

Elle fixa le plafond quelques secondes avant de poser son regard sur la poitrine de Sylvie. Ce silence sembla très long à Sylvie, qui avait toujours trouvé ses seins trop pendants. Puis Mme Ouellet la regarda dans les yeux.

— Je vois une femme blonde et frisée… Elle est tourmentée, très tourmentée…

— C'est qui ? demanda Sylvie, apeurée, pensant tout de suite à sa sœur Monique.

— Je ne sais pas… Elle est au téléphone… Elle est très stressée… Mon Dieu qu'elle est stressée ! Je la vois près d'un grand buffet en acajou. Elle annonce une mauvaise nouvelle. C'est un matin d'été.

— Quel genre de nouvelle ? demanda Sylvie en regardant nerveusement les cartes.

— Je ne sais pas…

Madame Ouellet s'arrêta quelques secondes.

— Votre mari. Il…

— Quoi ? Mon mari ?

— Non, non. Pas la mauvaise nouvelle… C'est autre chose, une autre vision… assura Mme Ouellet.

— Ah ! D'accord. Vous m'avez fait peur !

Sylvie pouffa d'un rire nerveux.

— Votre mari. Je le vois entrer dans la maison. Vous êtes sur le divan. Vous avez pleuré. Vous l'attendez. Vous ne vous regardez pas…

— Pouvez-vous voir si nous allons être ensemble toute notre vie ?

— Oui. Je vous vois ensemble toute la vie durant… À condition qu'il n'abuse pas trop. Vous avez vos limites…

— De quoi parlez-vous exactement ? Je ne comprends pas.

Sylvie voulait voir si Mme Ouellet savait ou si c'était de la frime.

— Eh bien, vous savez… La bouteille…

— D'accord… confirma Sylvie en baissant les yeux, honteuse.

— Vous ne manquerez pas d'argent ! s'exclama Mme Ouellet. Je ne vois pas de richesse, mais je ne vois pas de pauvreté non plus.

Il y eut un silence.

— Mon Dieu ! Qui se joue dans les cheveux tout le temps ? Il y a toujours quelqu'un qui se joue dans les cheveux…

— Hein ?

— Il y a quelqu'un, devant le miroir, qui se joue dans les cheveux. Tout le temps. Je n'arrête pas de voir des cheveux.

— Oh ! C'est ma fille, Karine ! dit Sylvie en ricanant, la main devant la bouche.

— C'est comme une obsession pour elle…

— Oui, c'est vrai, ça… Hi hi !

— Il y a un homme qui travaille avec votre mari. Un Arabe ou quelque chose comme ça… Il va gagner gros. Très gros. À la loterie ou bien un héritage… Mais il va gagner gros, ça c'est sûr ! Je le vois excité dans le magasin. Il va annoncer la nouvelle à votre mari. C'est l'hiver… Oh ! Un coup de feu ! Votre mari chasse ?

Sylvie pensa à Ahmed, un commis que Michel détestait. Elle continua de prendre des notes, complètement absorbée par ce que lui disait Mme Ouellet, étonnée par toutes les connaissances qu'elle avait sur sa vie et sur celles des gens qui l'entouraient. Sa fille Karine et son copain Martin, sa mère souffrant de graves pertes de mémoire, son père mort d'un cancer du foie il y a longtemps, ses querelles avec Michel. C'est sur ce dernier sujet qu'elle prenait le plus de notes, même si Mme Ouellet en disait peu. Sylvie pensa qu'elle réviserait tout cela à la maison, calmement, afin de bien interpréter les précieuses visions. Mme Ouellet passait souvent du coq à l'âne. Parlant tantôt du boulot de Michel, tantôt de la grosse voisine et de son chien roux, revenant ensuite à la santé de Sylvie, à ses inquiétudes concernant son couple. Elle l'assurait que Michel ne l'avait jamais trompée. Sylvie le lui demanda deux fois. À la fin de la séance, elle avait rempli une feuille entière de notes, recto verso. Tout était écrit en petits caractères, à la hâte, dans un ordre aussi confus que celui dans lequel Mme Ouellet livrait ses visions. Elle ne savait pas encore quoi en penser, mais il ne faisait aucun doute que cette Mme Ouellet était une vraie tireuse de cartes. Elle avait réellement des dons.

Sylvie sortit un billet de cinquante dollars de son sac à main, le déposa sur la table et rangea sa feuille de notes dans la poche de son manteau. Elle serra la main de Mme Ouellet et la remercia. Cette dernière lui serrait la main avec vigueur.

— Appelez-moi si certaines des choses que je vous ai dites se réalisent, s'il vous plaît. J'apprécierais beaucoup… Juste pour voir si je ne suis pas devenue une vieille sénile !

Et elle se mit à ricaner d'une voix nasillarde et enrouée qui ne semblait pas lui appartenir.

— Oui… Oui, bien sûr, dit Sylvie, gênée par ce rire horrible. J'ai votre numéro… Au revoir !

— Au revoir !

Tout était silencieux. La pluie avait cessé et les nuages s'étaient dispersés. Une brise légère soufflait. Sylvie remonta le col de son manteau avant d'ouvrir la portière de sa voiture. En démarrant le moteur, elle jeta un dernier coup d'œil à la maison. Une lumière venait de s'allumer ; la silhouette de Mme Ouellet passa derrière le grand rideau blanc de l'oriel. Une maison moderne, décidément, pensa Sylvie. Elle repassa sous le grand érable près du lac. L'obscurité lui donnait maintenant un aspect mystérieux, épeurant même, pensa Sylvie en regardant les branches sombres se tordre sous les étoiles et le ciel bleuté.

Elle se sentait mieux. Oui, elle était mieux, se dit-elle en avalant une gorgée du café qu'elle avait acheté en passant faire le plein d'essence. Elle repensait à ce que Mme Ouellet lui avait dit. Elle essayait d'interpréter ces visions, de leur en faire dire plus… Quelle était donc cette mauvaise nouvelle que Monique allait lui annoncer ? Mais peut-être serait-ce Nicole, pensa-t-elle. Après tout, Mme Ouellet avait dit « une femme blonde et frisée »… Ou bien Denise ? Non, ça ne pouvait être Denise ; elle n'était pas frisée naturelle, c'était une permanente… Mais peut-être que c'était ce que Mme Ouellet voulait dire… Savait-elle différencier la permanente d'une chevelure frisée naturelle ? Les questions s'entrechoquèrent ainsi tout au long du retour, se relançant, s'étirant dans des interprétations parfois douteuses, parfois vraisemblables. Au moins, elle était sûre que Michel ne l'avait pas trompée. Sylvie se demanda si cette vision de Mme Ouellet tenait aussi compte du voyage de chasse auquel Michel participait depuis près d'une semaine. Elle regretta de ne le lui avoir pas demandé.

Il y avait encore de la lumière dans la maison. Karine était sûrement dans le salon. Sylvie en était contente, impatiente de partager avec elle ce que la tireuse de cartes lui avait dévoilé. Aussi, elle commençait à avoir un peu peur, bien qu'elle ne sût pas exactement de quoi. Le fait que Mme Ouellet sache autant de choses et qu'il fût presque impossible qu'elle l'ait su autrement que par la clairvoyance lui donnait la chair de poule. Mais il y avait plus, quelque chose qu'elle ne pouvait s'expliquer. Elle ne voulait pas trop y penser. Elle avait toujours eu un peu peur des esprits et des choses occultes. Elle éteignit le moteur. Le silence qui suivit lui glaça le sang. Il faisait noir ; la lumière du porche n'était pas allumée. Elle prit son sac en vitesse, sortit de la voiture et courut ouvrir la porte d'entrée, comme si elle était poursuivie par quelqu'un qu'elle ne pouvait voir. La même sensation, montant le long de sa moelle épinière, que lorsqu'elle allait chercher quelque chose au sous-sol et qu'elle remontait les escaliers en courant comme une enfant effrayée. Elle claqua la porte et reprit son souffle. Elle alluma la lumière du hall d'entrée et celle du porche à l'extérieur, puis regarda vers le stationnement à travers la fenêtre en enlevant son manteau. Elle s'assit ensuite sur le banc et détacha ses chaussures : « Karine ? » Aucune réponse. Elle releva la tête vers le salon. « KARINE ! » cria-t-elle hystériquement.

— Qu'est-ce que t'as, câlisse ? Calme-toi ! répondit Karine en sortant de la salle de bains. Calme tes nerfs ! Pourquoi tu gueules ?

— T'étais où ? Je t'ai appelée, tu répondais pas !

— Je chiais, si ça t'intéresse ! Je peux ? répondit brusquement Karine.

Sylvie se mit à rire. Elle verrouilla la porte d'entrée. Les bras croisés, assise sur le divan du salon, Karine gardait son air contrarié.

— Pourquoi tu gueules toujours comme ça ? C'est gossant. T'as pas besoin de crier ! Qu'est-ce que tu voulais me dire ?

— Rien de spécial. Je voulais juste voir si tu étais là... Je te dis, la tireuse de cartes que Josée m'a conseillée est vraiment bonne.

— Ah, c'est con !... Qu'est-ce qu'elle t'a dit ?

— Bon... D'abord, juste pour te montrer, elle savait que tu te jouais toujours dans les cheveux. Elle a dit : « Coudonc, y a quelqu'un qui se joue toujours dans les cheveux chez vous, c'est comme une obsession. » Elle a vu ça ; elle a dit qu'elle voyait toujours quelqu'un se jouer dans les cheveux. C'est toi, ça, c'est toi ! dit Sylvie, tout énervée.

— C'est con, ça ; ça veut rien dire. Tout le monde se joue dans les cheveux dans une maison. Elle a dit que c'était moi ou juste « quelqu'un » ?

— Elle a dit « quelqu'un », mais elle a dit que c'était une « obsession ». Ça peut pas être une autre personne que toi ! C'est toi, ça ! Je te dis toujours que t'es obsessive là-dessus. C'est pas tout le monde qui est obsessif à propos de ses cheveux. Pis y a juste toi, ici, qui es obsessive.

— Ç'a pas rapport. Ça veut rien dire.

— Elle a vu aussi que Michel travaillait dans la vente d'électronique. Je lui ai rien dit, je te jure ! Elle a deviné toute seule. Elle a même vu qu'un Arabe travaillait avec lui ! Ça doit être Ahmed, tu sais le gars contre qui ton père chiale toujours ?

— Ah ouin ? Mais qu'est-ce qu'elle t'a dit d'autre ? Elle voit juste le présent, ta voyante ? Elle a bien pu ramasser des informations sur toi avant que t'arrives...

— Elle a vu pour mon dos aussi ! Je te dis, elle est vraiment bonne ! Elle a dit qu'elle voyait dans les cartes et que parfois les esprits lui parlaient.

— Ben là. Y faut pas charrier ! Tu crois à ça, maman ?

— Comment tu expliques qu'elle sache autant de choses ? J'ai fait étoile 67 en appelant et je ne lui ai jamais dit mon nom de famille... C'est une vraie voyante !

— Pis, c'est quoi l'avenir ? Elle t'a juste parlé du présent ?

— Elle m'a dit qu'une fille frisée blonde allait m'annoncer une mauvaise nouvelle... Un matin de juin !

— Chantale ?

— Ah, ben oui ! Ça pourrait être Chantale ! Je pensais plutôt à Monique ou Nicole... Ou peut-être Denise ?

— Ben non ! Denise a une permanente !

— C'est ça que je me suis dit, mais va savoir ce qu'elle a vu, madame Ouellet... Elle sait peut-être pas c'est quoi la différence ; tu devrais lui voir l'allure !

Et Sylvie lui raconta comment Mme Ouellet était habillée, comment elle fut surprise de voir que sa maison était moderne et propre.

— Et pour papa ? demanda Karine, d'une voix plus douce.

— Quoi, papa ? Elle savait qu'il était chasseur...

— Tu lui as rien demandé pour vous deux ?

— Non. Je pense que ce n'était pas nécessaire. J'ai confiance en nous. On en a vu d'autres, tu sais, Karine... répondit Sylvie en regardant par la fenêtre.

Il y eut un bref silence. Karine regarda sa mère quelques secondes et se leva du sofa.

— Bon. Je suis fatiguée. J'ai un examen d'histoire demain... Je vais aller me coucher.

— Tu ne voudrais pas prendre une petite tisane avec moi, s'il te plaît ? Ça t'aiderait à dormir...

Karine fit une moue d'hésitation. Elle regarda sa mère, qui semblait nerveuse, lui faire des yeux doux. Karine se rassit. Sylvie alla vers la cuisine.

— Tu la veux à quoi, ta tisane ? J'ai menthe, camomille et aussi orange-pamplemousse…

— Orange-pamplemousse ! cria Karine, du salon.

Sylvie remplit la bouilloire d'eau chaude, la brancha sur la prise électrique de la cuisinière et se dépêcha de sortir deux sachets de tisane. Puis elle s'arrêta et regarda dehors, par la fenêtre au-dessus de l'évier, vers la rue sombre et déserte.

— Papa n'a pas appelé, Karine ? cria-t-elle.

— Non !

— Il n'y avait pas de message dans la boîte vocale ?

— Non, maman !

Elle soupira, sortit un verre de l'armoire et laissa couler l'eau froide du robinet :

— C'est un gros examen que t'as demain ?

— Quoi ? J'entends pas, maman !

— J'ai dit : c'est un gros test que tu as demain ? cria-t-elle encore plus fort, en remplissant son verre d'eau.

— Pas si pire !

— As-tu assez étudié ?

— Oui, maman…

Sylvie vida son verre d'eau et le mit dans le lave-vaisselle. Elle versa l'eau bouillante dans les deux tasses et se dépêcha vers le salon.

— Tiens, dit-elle en présentant la tasse fumante à Karine.

— Merci. Je pense à ça… C'est quand même épeurant ces histoires de voyante, tu trouves pas ? dit Karine en soufflant sur son infusion.

— Oui ! J'avais tellement peur qu'elle me dise qu'elle

parlait à un esprit. Je ne comprends pas comment elle fait tout ça, comment elle fait pour ne pas avoir peur, elle... Josée m'a dit qu'elle vivait seule, en plus. T'imagines? En pleine campagne! Elle a des voisins, mais quand même... Moi, j'aurais peur.

Karine se retourna brusquement vers la porte vitrée du patio.

— T'as entendu? dit-elle.

— Non, quoi? dit Sylvie en regardant aussi vers le balcon. Qu'est-ce que t'as entendu?

— Je sais pas... Un petit bruit... Comme un coup.

— Arrête de me faire peur, Karine! C'est pas drôle! dit Sylvie brusquement en tournant la tête vers l'obscurité derrière la porte-fenêtre.

— Non, je te jure!

Karine se leva et alla vers la porte. Elle alluma la lumière extérieure et examina le balcon. Il n'y avait rien.

— Tu ne vois rien? Regarde si la porte est bien barrée!

Karine tira un bon coup sur la porte. Elle était bien verrouillée. Elle se rassit en disant que ce devait être un chat ou un petit animal. Elles burent leur tisane à petites gorgées en parlant encore un peu de la voyante, puis Sylvie changea de sujet. Elles parlèrent de Nicole et de ses problèmes d'arthrite, puis de l'examen de Karine et enfin de la grosse voisine avec son maudit chien roux qui avait encore déféqué sur leur terrain. Enfin, Karine se leva.

— Tu te couches déjà? demanda Sylvie.

— Ben oui! Il est quand même 11 h 30. Je veux être en forme pour mon test. Je vise 90 %, je te l'ai dit.

— Ouin... OK... répondit Sylvie en regardant vers le balcon.

Il n'y avait rien sur le balcon. Michel avait rangé les

chaises et la table dans le garage avant de partir pour la chasse.

— Karine ?

— Quoi, maman ? répondit sa fille en revenant dans le salon. Qu'est-ce qu'il y a ? T'as vu quelque chose ?

— Non... dit-elle d'une voix douce. Dormirais-tu avec moi ce soir, s'il te plaît ?

— Non ! Je veux bien dormir. Déjà que je voulais me coucher tôt...

— Allez... S'il te plaît... J'ai peur.

— Non, maman ! De quoi t'as peur ? Tout est barré. Y a rien sur le balcon, tu vois ben !

— C'est pas ça... J'ai pas envie de dormir toute seule...

— Non ! répondit Karine en sortant de la pièce.

— C'est ça ! Va-t'en ! Laisse-moi toute seule ! Tu penses juste à toi ! cria Sylvie.

— Pourquoi tu cries ? Ostie que t'es folle ! hurla Karine en claquant la porte de sa chambre.

Sylvie but rapidement les dernières gorgées de sa tisane debout près de l'évier dans la cuisine. Elle regardait dehors entre chaque gorgée. Elle se demanda si Michel dormait à cette heure. Elle laissa la lumière de la cuisine allumée et éteignit celle du salon. Elle regretta d'avoir crié après Karine. En se brossant les dents, elle se sentit observée et se retourna brusquement vers la fenêtre. Elle ne vit rien d'autre que la nuit. Elle marcha rapidement vers sa chambre, ferma les rideaux, se déshabilla et enfila son pyjama. Elle ouvrit les deux garde-robes pour vérifier si personne n'y était ; elle regarda aussi en dessous du lit. Elle était terrifiée, sans trop savoir pourquoi. En éteignant la lumière de sa chambre, elle remarqua qu'elle avait oublié d'éteindre dans la salle de bains. Tant pis, pensa-t-elle en se glissant sous les draps.

Elle ne parvenait pas à s'endormir. Elle se demandait ce qu'elle allait faire demain. Son dos lui faisait mal. Elle était découragée par tous ces exercices de physiothérapie qu'elle devait faire pour sa lombalgie. Elle portait une attention démesurée à sa position dans le lit, cherchant celle qui serait la plus bénéfique. Il lui semblait que toutes étaient inconfortables. Elle se remit à penser à ce que la voyante avait dit. Elle s'en voulut de ne pas lui avoir demandé quand elle pourrait retourner au travail. Est-ce que Mme Ouellet le savait, au moins, qu'elle était en congé de maladie ? Une multitude de questions resurgirent à propos de ce qu'elle avait appris plus tôt. Que fallait-il en faire ? Elle se dit qu'elle devait réorganiser les notes proprement et les ranger dans un tiroir ; les ressortir plus tard, chaque année, peut-être, pour vérifier si certaines choses s'étaient réalisées. Elle se tortilla dans son lit pendant plus de deux heures, les yeux ouverts. Oui, il fallait repeindre la chambre à coucher, ça changerait d'air… Quand Michel reviendrait, elle lui en parlerait… Et le chalet ? Non, pas tout de suite. Au moment opportun… Pas au retour de la chasse.

Pourquoi avoir demandé si Michel chassait ? (N'avait-elle pas baissé les yeux après avoir dit qu'elle entendait un coup de feu ?) Quelque chose n'était pas clair… L'avait-elle vu chasser ? Où était-il, lui ? Que faisait-il présentement, à des centaines et des centaines de kilomètres d'ici, au plus creux des bois ? Il chassait. Oui, il chassait ; la voyante devait l'avoir vu ! Elle n'aurait jamais demandé s'il chassait si elle ne l'avait pas vu chasser. Oui, oui, elle avait entendu un coup de feu… Mais chassait-il vraiment ? Chassait-il tout le temps ? Était-il retourné voir cette catin de Lucie ? Oh, comme elle la haïssait, celle-là ! Combien de fois, en pensée, lui avait-elle tiré le chignon, à cette maudite hypocrite ! Son beau Michel… Un homme si bon… Maudite chasse…

Quelle idée que d'aller tuer et écorcher des caribous… Maudite chasse…

Puis Sylvie s'endormit enfin, épuisée par toutes ces questions qui se bousculaient dans sa tête. Avant de sombrer dans un mauvais sommeil, elle marmonna : « Oui, oui, il chasse… »

Bébé Lindros

J'étais couché sur le sofa lorsqu'elle est rentrée du travail. Au son de la porte qu'elle déverrouillait, j'ai ouvert les yeux. Le salon s'était déjà assombri. Je restais silencieux. Elle a refermé la porte, l'a verrouillée et a tout de suite écouté les messages sur le répondeur.

« Bonjour, Sophie, c'est Sylvie du cours d'aquaforme. C'est juste pour te rappeler que le cours sera à 20 heures ce soir au lieu de 19 heures. J'espère que tu t'en souvenais... À plus tard ! »

« Salut, Rico, c'est Mike. Ce soir, on regarde le hockey chez moi. Tu viendras faire ton tour ! Ciao ! »

« Salut, Sophie, c'est Patrice. Il est exactement 15 h 13, je suis au bureau. Rappelle-moi, s'il te plaît, au bureau ou chez moi si tu arrives après 17 heures. Merci ! »

Il avait raison, ce connard ; il était exactement 15 h 13. J'avais regardé l'heure sur le lecteur DVD au moment où il avait dit ça.

Elle a allumé la lumière du hall d'entrée et déposé ses clés sur la table. Je l'ai entendue soupirer. J'ai cru que c'était parce qu'elle avait remarqué mes bottes à l'entrée, mais elle n'a rien dit. Pendant un moment, je n'entendis plus rien. Elle était immobile. Elle a enfin détaché ses bottes et accroché son manteau à la patère. Elle a soupiré de nouveau et je me suis senti mal, comme si j'avais commis une faute très grave. Elle s'est fait couler un bain, puis elle est allée dans la chambre à coucher. Je l'ai vue passer dans le couloir, mais elle ne m'a pas remarqué. Elle s'est déshabillée dans la chambre avant de retourner à la salle de bains. J'ai entendu le briquet s'allumer et j'ai vu la lueur des chandelles dans le couloir. Elle est venue dans le salon. Elle ne m'a pas vu immédiatement. Elle était dos à moi, dans sa robe de chambre en ratine rouge. Elle choisissait un disque compact. J'étais immobile comme le sofa ; je n'entendais même pas ma respiration. Elle a levé la tête, comme si elle avait détecté ma présence, et s'est retournée brusquement. C'est à ce moment qu'elle a échappé un petit cri. Sa robe de chambre était ouverte et, pour une rare fois, j'ai pu voir son sexe roux.

— Qu'est-ce tu fais là ! qu'elle a dit en refermant sa robe de chambre.

— Rien. J'me reposais... ai-je dit.

— Comment ça ? T'as encore raté l'ouvrage ?

— J'me sens pas bien.

Elle a serré les dents et secoué la tête avant de repartir bruyamment vers la salle de bains. Elle a arrêté l'eau du bain, puis elle est revenue en furie. Je n'avais pas bougé.

— Pourquoi t'es pas allé travailler ?

— J'te l'ai dit ! J'file pas.

— Pis tu te plains qu'on t'augmente pas ! J'me demande pourquoi ! « J'me sens pas bien... J'file pas... » qu'elle a dit avec mépris. Tu fais donc pitié !

Elle est disparue dans la salle de bains en claquant la porte. J'ai entendu ses pieds frotter dans le fond de la baignoire et résonner dans l'eau. Je suis resté couché sur le sofa. Je regardais sur le mur l'ombre de la plante suspendue en pensant à ce qu'il me fallait dire. J'aurais aimé être en colère pour lui dire ma façon de penser, lui dire que j'avais le droit de faire ce que je voulais de ma vie, mais je ne pouvais que regarder l'ombre de la plante, qui commençait à s'affadir dans la tombée du jour.

Quand j'ai entendu la baignoire se vider, je me suis levé et me suis étiré les bras et le dos. J'étais courbaturé. Je suis allé à la porte de la salle de bains. Elle était verrouillée.

— Sophie ! Ouvre-moi, s'il te plaît !

— Attends. Je me sèche.

— T'appelles pas Patrice ? D'habitude, tu le rappelles plus vite que ça !

— J'ai pas envie de parler à personne ce soir… Je suis crevée.

— Ouvre-moi, s'il te plaît… ai-je dit d'une voix tendre.

— Attends deux secondes ! J'ai pas fini !

— Allez ! Dépêche ! que j'ai dit en tournant la poignée et en cognant. J'ai besoin d'aller aux toilettes. Ça presse !

Elle a violemment ouvert la porte et m'a lancé un regard meurtrier.

— Tu peux pas te retenir deux minutes ? Il faut tout le temps que tu viennes me déranger quand j'ai besoin de relaxer !

— Sophie… ai-je dit d'une voix tendre.

— Prends pas ta petite voix de bébé… J'suis plus capable de l'entendre !

Et elle est partie dans la chambre sur les talons. Elle a claqué la porte. Je suis resté dans la salle de bains quelques secondes, devant le miroir. J'étais très pâle. J'ai crevé un point noir sur mon front et je me suis lavé les mains. Je me suis approché silencieusement de la chambre à coucher. J'ai hésité un peu avant d'y entrer. Sophie était de dos. Elle ne portait qu'un slip rouge. Elle s'est retournée, son avant-bras couvrant sa poitrine. Elle avait sa bouteille de parfum dans l'autre main.

— J'ai pas fini de me changer. Peux-tu sortir, s'il te plaît! a-t-elle insisté, les lèvres serrées.

— Sophie... ai-je dit en m'approchant et en tendant les bras.

— T'es-tu sourd? Fous-moi la paix! Sors! qu'elle a crié.

— Sophie... ai-je répété d'une voix encore plus tendre.

— SORS! SORS! qu'elle a hurlé en avançant vers moi.

Elle a essayé de me pousser, mais j'ai écarté sa main et elle a échappé sa bouteille de parfum, qui s'est fracassée sur le plancher. Elle s'est d'abord figée, baissant la tête pour regarder le dégât. Le parfum s'étendait sur le plancher de bois franc, dans les éclats de verre. L'odeur forte du jasmin occupait tout l'espace entre nous. Elle a relevé la tête. Son regard m'a donné froid dans le dos.

— Décrisse! qu'elle a crié en sanglotant.

— J'm'excuse, Sophie! C'est toi qui m'as poussé! ai-je dit en reculant.

Elle a claqué la porte. Je suis resté debout dans le couloir. Je l'ai entendue se glisser contre la porte et s'asseoir sur le plancher.

— J'm'excuse, Sophie... ai-je dit à travers la porte. Pourquoi tu m'as poussé? C'est pas de ma faute pour ton parfum...

Elle n'a rien dit. Je l'entendais étouffer ses sanglots.

— Je suis chez nous, quand même! C'est aussi ma chambre... J'ai quand même le droit d'entrer dans ma chambre! ai-je dit.

Je l'ai entendue se lever. J'ai tout de suite regretté d'avoir dit ça. J'ai eu peur. Elle a ouvert la porte. Ça empestait le parfum. Elle n'était encore qu'en slip. J'ai reculé dans le couloir. Elle s'est ruée vers moi; ses gros seins ballottaient de tous les côtés. Elle était rouge de colère.

— Ostie que t'es con! Ostie que t'es con! qu'elle a répété en donnant des coups sur mes épaules et mon torse.

— Arrête! Calme-toi! que j'ai dit.

Je bloquais ses coups avec mes avant-bras, mais elle continuait à me frapper. Un de ses coups a failli m'atteindre au visage, alors je l'ai prise par les poignets et j'ai serré un peu.

— Arrête! Calme-toi! que j'ai répété.

Elle a tenté de se libérer. J'ai serré plus fort. Je n'allais pas la laisser faire.

— Lâche-moi! Lâche-moi! qu'elle hurlait en se débattant.

Elle a essayé de me donner un coup de pied sur le tibia. J'ai évité le coup de justesse et je l'ai poussée contre le mur. Je lui tenais toujours les poignets et tout mon corps pesait contre elle. Elle ne pouvait plus bouger. Nos visages étaient presque collés l'un sur l'autre; je sentais sa colère souffler sur ma joue. J'étais bandé dur. J'ai cru qu'elle allait me mordre. Elle s'est mise à hurler hystériquement, comme si je l'agressais. Je l'ai lâchée.

— J't'haïs, ostie de con! Tu m'as fait mal aux poignets! qu'elle a hurlé avant de claquer la porte de la chambre.

J'ai enfilé mes chaussures, mis mon manteau, et je suis sorti de l'appartement. J'ai attendu deux secondes à l'extérieur, sur le pas de la porte, pour voir si elle allait me demander de revenir. Pas un son. J'ai descendu les marches, mais rendu dans le hall d'entrée de l'immeuble, j'ai fait demi-tour et je suis revenu dans l'appartement. J'ai enlevé mes souliers et mon manteau et je suis allé me coucher sur le sofa.

Je l'entendais s'habiller dans la chambre à coucher. Elle est passée rapidement dans le couloir et s'est enfermée dans la salle de bains. Elle faisait sa toilette avec des gestes brusques, comme si elle savait que je l'écoutais. Elle farfouillait bruyamment dans sa trousse de maquillage, claquait la porte de la pharmacie et celle sous le lavabo, reposait avec fracas son pot de crème ou de je ne sais quoi sur le comptoir. Tout cela venait à moi sans pitié, droit au ventre, comme des coups de poing. Je suis resté couché quelques minutes avant de me lever et d'aller la voir.

— Sophie… J'm'excuse, OK? J'voulais pas te faire mal… J'me défendais. Tu m'as frappé, Sophie ! Tu m'as frappé ! ai-je dit à travers la porte fermée.

Elle n'a pas répondu. Je l'entendais encore fouiller dans sa trousse de maquillage. Je me suis assis à côté de la porte. J'avais envie de pleurer, mais je n'étais pas capable. J'avais la tête entre les deux genoux lorsqu'elle a ouvert la porte. Elle avait sa longue jupe noire avec un décolleté crème. Elle était belle et sentait bon, mais ce n'était pas le parfum au jasmin. C'était un nouveau parfum.

— Tu vas où ? ai-je demandé en me relevant.

— Comment ça, je vais où? Je vais à mon cours d'aquaforme ! a-t-elle dit.

Elle ne semblait plus être en colère.

— Il est juste 18 h 30 ! Ton cours a été remis à 20 heures…

— Je sais, j'y vais d'avance. Je me réchauffe dans l'eau avant le cours, si ça t'intéresse tant que ça. Tu veux venir, tant qu'à y être ?

Elle est allée dans la salle de lavage prendre son maillot de bain et une petite serviette, qu'elle a enfouis en vitesse dans son grand sac en cuir noir. J'étais encore dans le hall d'entrée, près de la salle de bains. Elle a sorti son manteau du placard. Pendant qu'elle l'enfilait, j'ai mis mes mains autour de sa taille, par-derrière, pour l'amadouer. Elle s'est déprise avec vigueur.

— Lâche-moi ! Touche-moi pas ! Tu suces mon énergie ! qu'elle a dit.

Je l'ai lâchée et je lui ai dit d'aller chier. Elle est partie sans dire un mot. J'ai eu envie de courir après pour lui dire que j'allais disparaître de ses pattes pour de bon, si c'était vraiment ce qu'elle voulait. Mais je suis resté là quelques secondes, à regarder mes bottes près de la porte d'entrée. Je suis ensuite allé m'étendre sur le sofa. Quelque chose ne tournait pas rond. On aurait dit que j'allais vomir.

Je ne suis resté étendu que quelques secondes. Je ne tenais pas en place. J'ai marché dans l'appartement en repassant les images de notre dispute dans ma tête. J'avais envie d'aller la voir à la piscine, mais cela aurait servi à quoi ? Que lui aurais-je dit de plus ? J'ai mis le pied dans le parfum. Elle n'avait même pas ramassé son dégât ! J'ai failli me couper. J'ai tout essuyé en me disant que demain je lui en achèterais un nouveau. Un parfum qu'elle ne connaîtrait pas, quelque chose de très chic et coûteux. Cette idée, qui allait sans aucun doute faire plaisir à Sophie, m'enthousiasmait. J'ai mis des bas propres et je suis allé chez Mike pour regarder la partie de hockey.

* * *

Le Canadien s'est fait battre 4 à 2 par les Flyers. Eric Lindros a compté deux buts. Je n'ai par contre pas tellement regardé la partie. J'étais distrait par ma chicane avec Sophie, me demandant si je n'aurais pas mieux fait de dire telle chose plutôt que telle autre. Par ailleurs, j'avais pris six ou sept bières et je commençais à être gris. Mike et Steve, eux, parlaient de Lindros, comme quoi c'était le joueur le plus complet de la ligue, le plus agressif, le plus talentueux, et des trucs comme ça. Et alors, comme chaque fois qu'on parle de hockey, Steve a essayé de me piquer au sujet des Nordiques :

— En tout cas, une chose est sûre, c'est que Lindros a bien fait de pas jouer pour les Nordiques ! a-t-il dit en se tournant vers moi avec un air narquois.

— Tsss… T'es cave, Steve, que je lui ai dit, tu sais aussi bien que moi que ç'a pas été un bon *move* pour lui de quitter les Nordiques. La preuve, c'est qu'ils ont gagné la Coupe Stanley une fois rendus au Colorado… Combien de Coupes Stanley il a gagnées avec Philadelphie, Lindros ? Zéro. C'est juste dommage pour les deux, pour Québec et pour lui, parce qu'avec un joueur de concession comme lui, les Nordiques auraient gagné la Coupe pis on aurait pu garder la concession ici.

— Ç'a pas rapport, qu'il a dit. Si Colorado a gagné la Coupe, c'est à cause de tous les joueurs et de l'argent reçus dans l'échange de Lindros…

Et puis nous avons continué à argumenter de la sorte, sous le regard amusé de Mike, qui attisait le débat en glissant son point de vue çà et là. Mais tout cela, au fond, m'ennuyait. De toute façon, je connais mon hockey. Je me demandais surtout si Sophie était revenue de son cours. J'appréhendais la suite de notre querelle sans savoir encore ce que je devais en faire. Je ne savais pas ce que je lui dirais, ni ce qu'elle me allait me dire, mais je savais que je devais retourner chez nous pour connaître l'aboutissement de notre malentendu ; c'était plus fort que moi. Je devais voir ce qui allait advenir.

J'ai calé le reste de ma bière et j'ai dit à Mike et Steve que je devais y aller parce que je travaillais tôt le lendemain. « Ouais ouais, c'est ça ! Tu t'en vas puncher ! Le boss t'attend ! » a dit Steve d'un ton moqueur. Je lui ai dit d'aller chier, les ai salués tous les deux et suis retourné chez nous. J'étais tendu sans savoir exactement pourquoi.

L'air était humide et glacial. Mes narines se collaient quand je respirais. On aurait pu croire qu'on me traquait tellement je marchais rapidement. Quand j'ai vu que le feu était jaune à l'intersection, je me suis mis à courir pour traverser la rue parce que je ne voulais pas attendre au coin. Je me demandais comment Sophie réagirait quand je lui dirais que j'allais lui acheter un nouveau parfum. Je pensais que nous irions le choisir ensemble la fin de semaine, que tout irait bien et que tout s'arrangerait. Mais tout de même quelque chose en moi remuait, comme si j'étais serré de l'intérieur et que ça cherchait à se déprendre et à se démêler d'un coup sec. Rendu au coin de notre rue, j'ai couru jusque chez nous. J'ai monté les escaliers de l'immeuble deux marches à la fois en détachant mon manteau. J'étais essoufflé une fois arrivé à notre porte. Je l'ai déverrouillée et l'ai ouverte sans faire de bruit au cas où Sophie serait déjà couchée. L'appartement était sombre. Les bottes de Sophie étaient à l'entrée et je l'entendais bouger dans le lit. J'ai enlevé mes bottes et accroché mon manteau à la patère, sans allumer la lumière, puis je me suis déshabillé dans le corridor pour ne pas faire de bruit dans la chambre. J'ai repensé aux gros seins ballottants de Sophie lorsqu'elle avait avancé vers moi dans l'après-midi avec son regard meurtrier. Je ne comprenais pas pourquoi cela m'excitait tellement. J'ai ouvert la porte de la chambre. Sophie a soupiré et s'est retournée brusquement dans le lit. Je me suis glissé doucement sous les draps et me suis collé sur elle. Je me suis senti un peu ridicule d'être nu alors qu'elle portait encore son foutu pyjama deux pièces, mais j'ai tenté ma chance et j'ai pressé mon sexe tendu contre ses fesses. Elle a soupiré exagérément et m'a dit que je puais la bière. J'ai violemment soulevé les draps et suis sorti du lit en marmonnant des jurons. J'ai remis mon caleçon dans le corridor, suis allé dans le salon allumer la télé et me suis étendu sur le sofa.

Je serrais les dents, éclairé seulement par la lumière bleutée de l'écran. J'ai regardé les nouvelles du sport. On y montrait les deux buts d'Eric Lindros. De sacrés beaux buts ! Si seulement il était resté à Québec… me disais-je. C'est vrai que les choses auraient été différentes. Nous aurions pour sûr gagné la Coupe Stanley et ce soir, j'aurais regardé un match des Nordiques… Mais quel con, ce Steve ! Je suis sûr qu'au fond il a toujours su que j'avais raison. Pourquoi quelqu'un voudrait-il jouer ailleurs qu'ici, à Québec ? C'est à n'y rien comprendre. C'est ici, la meilleure ville de hockey ! Lindros a agi comme un bébé. Vraiment, c'est à n'y rien comprendre…

Tu sens le bœuf

Avant qu'elle n'arrive, il avait fait saisir le rôti de palette avec du beurre dans la casserole, pelé les pommes de terre et les carottes, et préparé le jus du rôti ; il avait ensuite fait cuire la pièce de viande une heure et demie au four, puis il avait ajouté les légumes pour la dernière heure de cuisson. Il cuisinait peu, mais tirait une petite fierté de son rôti de palette de bœuf, une recette simple dont le secret résidait dans la lente cuisson de la viande dans son jus.

Il avait déjà lavé la vaisselle et monté la table. « Surtout pas de chandelles ! » avait-elle demandé. Rien de romantique, mais tout de même, il tenait à ce que l'appartement soit impeccable. L'aspirateur avait été passé, les meubles dépoussiérés, les livres et les magazines rangés, les vêtements ramassés… Ça lui faisait du bien de voir l'appartement propre et de savoir qu'elle viendrait enfin manger chez lui. Ils n'étaient plus ensemble depuis neuf mois, mais elle l'habitait encore jusque dans la moelle de ses os. Depuis quatre mois, ils se voyaient hebdomadairement, prenaient des cafés ensemble, parfois se promenaient sur la montagne ou faisaient du lèche-vitrine avenue du Mont-Royal. Une semaine plus tôt, à leur dernière rencontre, ils s'étaient embrassés avant qu'elle ne prenne son taxi, devant le Mont-Royal Hot-Dog. C'était un long baiser tendre, suivi d'un autre, puis d'un autre. En un éclair, elle avait ranimé en lui des souvenirs qui, jusque-là, n'étaient que de vieilles images dans sa tête. La chaleur de ses lèvres et de son souffle, cette façon dont elle revenait chercher sa lèvre supérieure lorsqu'il reculait la tête, ces mordillements… Tout cela ravivait sa sensualité et quittait le monde du souvenir. Tout cela redevenait réel.

Et pendant toute la semaine, il avait repensé à leurs baisers et à la possibilité qu'elle et lui reviennent ensemble. C'était, il le savait, une pente glissante, mais c'était plus fort que lui. Son cœur chavirait lorsqu'il pensait à elle et il se laissait prendre par des rêveries dans lesquelles il se remémorait leurs ébats amoureux. Il avait le pressentiment qu'il devait éviter d'espérer et de s'inventer des scénarios, mais la plupart du temps, il s'abandonnait à la nostalgie, succombait à ses propres caresses, se laissait prendre au jeu des souvenirs mêlés au désir, imaginait son doux visage lorsqu'elle jouissait.

Il devait passer la prendre au métro Mont-Royal et ils reviendraient ensemble pour souper. Ensuite, peut-être, regarder un film, tranquilles, emmitouflés dans une couverture ? Il mit son manteau et ses bottes et partit, laissant le rôti de palette cuire au four avec les légumes.

C'était le surlendemain d'une tempête et les rues de Montréal étaient bordées de hauts bancs de neige, dans lesquels des automobiles étaient ensevelies. De nombreux conducteurs s'affairaient à déneiger leur véhicule le long de la rue de Mentana, pelletant la neige compactée que le soleil, franc, avait alourdie toute la journée. Jonathan humait l'air avec gratitude, anormalement enclin à croire que la vie était un beau cadeau, que ce temps, que ces chants de moineaux et que ce vent chaud dans ses cheveux bruns étaient tout simplement divins. Comme il était choyé de vivre ! C'est dans cette disposition qu'il arriva au métro Mont-Royal, où Cynthia l'attendait assise sur un banc dehors, elle aussi, semblait-il, en train de profiter du soleil, le visage vers le ciel, les yeux fermés, le sourire satisfait. Il la regarda quelques secondes sans manifester sa présence, ravi par cette image. Il n'eut que le temps de contempler la douce peau de ses joues rosées avant qu'elle ne ressente sa présence et n'ouvre les yeux en souriant. Elle se leva et l'embrassa sur les joues, comme d'habitude depuis qu'ils s'étaient laissés. Bien qu'il en eût follement envie, il se retint de l'embrasser sur la bouche. « En douceur… » se disait-il.

— Je suis content de te voir, dit-il.

— Oui, moi aussi, dit-elle, esquissant également un sourire complice, mais détournant le regard vers les usagers du métro qui sortaient en masse de la station. J'ai faim, on y va ? demanda-t-elle.

Et ils s'engagèrent dans l'avenue du Mont-Royal, vers l'est. La rue était animée par cette légèreté qu'apporte une douce journée hivernale. On marchait lentement, on traînait devant les boutiques où l'on entrait parfois, nullement pressé d'arriver chez soi. Il la regardait marcher à ses côtés et se sentait spécial, comme si on lui eût accordé un grand privilège, de pouvoir marcher à côté de cette femme qui faisait tourner les têtes. Son visage était si beau ! Elle remarqua qu'il la dévisageait et porta son regard de l'autre côté de la rue, comme pour y observer quelque chose. Jonathan huma, avec une passion discrète, le parfum de lilas de sa chevelure. Elle lui demanda comment sa semaine s'était déroulée et ce qu'il avait fait. Et ils discutèrent en marchant, blaguant et riant de tout et de rien. Lorsqu'il lui demanda ce qu'elle avait fait depuis qu'ils s'étaient vus, elle lui répondit qu'elle aussi avait travaillé fort. Elle lui dit (avec une nonchalance affectée, lui sembla-t-il) qu'elle était allée dans une fête organisée par un des gars du bureau.

Quelque chose en lui se raidit et se crispa malgré lui, comme chaque fois qu'elle parlait d'un autre homme, ne serait-ce que superficiellement (mais était-ce vraiment si innocent ?). Toujours cela projetait sur lui l'ombre d'une menace, comme le sentiment exacerbé d'une pathétique fatalité.

— Et c'était bien ? demanda-t-il.

— De quoi ? La fête ? Ah oui, c'était bien.

— Cool... As-tu fêté fort ? demanda-t-il sur un ton, il le savait trop bien, qui dévoilait son inquiétude.

Elle soupira et lui demanda si c'était possible de parler d'autre chose. Ils firent quelques pas en silence. Il en vint à se convaincre que ce n'était pas de ses affaires, après tout ; elle avait bien le droit de faire ce qu'elle voulait ! Ils s'arrêtèrent à un feu rouge et Jonathan s'excusa de son indiscrétion. Il lui demanda s'il pouvait la prendre dans ses bras, et elle accepta. Il la serra fort, voulant qu'elle sente à quel point il tenait à elle. Mais elle se défit de son étreinte après quelques secondes, beaucoup plus rapidement que d'habitude, pensa-t-il. Ils prirent la rue de Mentana sans parler. L'angoisse de Jonathan se ranima, sans qu'il puisse y faire quelque chose. Ce silence grandissant, ce regard fuyant, ce refus de répondre, cette étreinte interrompue, tout cela l'assiégeait, le prenait maintenant à la gorge. Lui en parler ? Non ! Faire comme si de rien n'était ? Probablement, sûrement... Il poussa Cynthia vers la bordée de neige, pour rire. Elle perdit l'équilibre, manqua de tomber et, se retournant, poussa Jonathan à son tour en riant. Jonathan la tira vers lui et ils tombèrent ensemble dans un banc de neige, près d'une haie de cèdres. Ils rirent un peu, mêlant leurs souffles. Jonathan approcha sa bouche de celle de Cynthia, mais elle s'en détourna en enfouissant sa tête dans son cou et le serra fort dans ses bras. Ils restèrent enlacés ainsi près d'une minute, allongés dans la neige. Jonathan souriait, la bouche ouverte; il regardait sa buée s'échapper vers le ciel bleu et éprouvait une étrange sensation de bonheur et de souffrance, comme si quelque chose en lui était à vif et enflait. Ils se relevèrent en silence. Jonathan mit son bras autour de la taille de Cynthia, mais celle-ci commença à courir, pour jouer, comme toujours. Et il la poursuivit, la rattrapa et ils rirent ensemble.

L'appartement sentait bon le bœuf. « Hmm ! Ça sent bon ! » dit-elle. Il lui répondit que c'était son plat préféré, le bœuf braisé. Il alla dans la cuisine pour vérifier la cuisson du rôti, pendant que Cynthia ouvrait le garde-manger, comme si elle avait toujours habité là et que ce logis était le sien. Il la regardait faire, captivé par tous ses petits gestes, par la façon dont elle zieutait la nourriture, déplaçait les pots sur les tablettes, secouait la boîte de craquelins, son regard obliquant parfois pour vérifier s'il la regardait. Il était fasciné par son cou finement élancé, par sa poitrine menue et athlétique, par ses hanches fermes et invitantes sous ses jeans, par ses fesses rondes et saillantes... Elle détacha ses cheveux pour se refaire une queue de cheval et, se retournant vers lui, elle enleva l'élastique qu'elle tenait entre ses dents et lui sourit. Elle pouffa d'un rire nerveux et adorable, ce petit rire clair qu'elle avait quand elle était gênée parce qu'il la regardait ainsi. Elle regarda de nouveau dans le garde-manger, roulant ses yeux bleus vers lui, sans toutefois lui faire face :

— Bon ! J'ai faim ! Je vais grignoter quelque chose. As-tu des chips ? demanda-t-elle.

— Non, mais j'ai des olives Kalamata... Tiens ! dit-il en déposant le pot sur la table avec empressement.

— Merci !

Il arrosa le rôti de son jus à l'aide d'une louche, remit le plat au four et baissa la température à 250 degrés Fahrenheit avant de sortir un sac de salade prélavée du réfrigérateur. Il en mit dans deux petits bols en bois, qu'il déposa sur la table avec de l'huile et du vinaigre balsamique. Il remarqua qu'elle n'avait mangé qu'une seule olive, dont le noyau reposait sur le petit napperon bleu.

— Elles ne sont pas bonnes? demanda-t-il.

— Oh non... C'est pas ça... J'en ai trop mangé jeudi... dit-elle en baissant les yeux.

— Tu as été malade? demanda-t-il, son inquiétude refaisant surface. Tiens, ta salade, dit-il pour n'avoir l'air nullement préoccupé par la cuite qu'elle devait avoir prise.

— Non... J'ai pas été malade. Mais j'ai bu beaucoup, dit-elle. Beaucoup, beaucoup trop... ajouta-t-elle sur son ton de confession, ce ton qu'il connaissait trop bien, qu'il avait appris à craindre et qui le contraignait à la questionner davantage.

— Qu'est-ce qu'il y a? Tu as encore dit à quelqu'un des choses que tu regrettes? demanda-t-il. Tu veux du sel et du poivre? ajouta-t-il, avec mesure.

Elle prit le poivre et en saupoudra un peu sa salade. Elle avait commis une bêtise, il le savait maintenant. Jonathan se sentait bouillir de l'intérieur, complètement absorbé par l'attente. Il savait qu'il allait souffrir. Il attendait le coup.

— Qu'est-ce qui s'est passé, Cynthia? demanda-t-il.

— Rien... C'est pas important, j'étais juste trop saoule, encore... C'est tout.

— Qu'est-ce qui s'est passé? T'as embrassé quelqu'un, encore? demanda-t-il, le ventre saisi par l'angoisse.

— Non... C'est pas que j'ai embrassé quelqu'un... Ben oui, en fait, c'est ça, mais...

Une larme coula sur sa joue.

Jonathan déposa sa fourchette et joignit ses mains près de son ventre.

— Mais quoi, Cynthia ? Quoi ? insista-t-il, un ton au-dessus.

Mais elle ne disait rien ; elle gardait la tête baissée et pleurait maintenant en silence. Il inspira profondément.

— Quoi ! Cynthia, dis-le-moi ! Qu'est-ce qui s'est passé ? cria-t-il.

Mais elle ne répondit rien, la tête toujours baissée et remuant à chaque sanglot. Jonathan inspira profondément.

— T'as couché avec un gars ? demanda-t-il d'une voix plus douce. C'est ça, Cynthia ?

Et elle hocha la tête de haut en bas, renifla et essuya ses larmes. Elle releva la tête vers Jonathan. Elle le vit pâle et impassible, la regardant droit dans les yeux, les deux mains maintenant posées sur la table, de chaque côté de son bol de salade. Il semblait respirer à peine. Son regard n'était ni triste ni colérique. Son regard était vide. Il était éteint.

— Je m'excuse, Jonathan, je…

— T'as pas à t'excuser, Cynthia, on n'est plus ensemble… dit-il faiblement sur un ton neutre, les yeux écarquillés.

— Je sais, mais… Je veux dire… J'étais saoule pis je voulais pas faire ça, je sais pas pourquoi… Ça me fait chier… se plaignit-elle.

— C'est qui ?

— Tu le connais pas.

— Je le connais pas… répéta-t-il mécaniquement, les yeux toujours écarquillés, secouant lentement la tête de haut en bas.

Et il y eut un long silence. Elle attendait qu'il dise quelque chose, mais il restait muet et fixait maintenant le bol de salade devant elle. Quelque chose sous sa poitrine avait envie de crier, de hurler et de détruire. Quelque chose se déchirait. Il s'imaginait projetant brusquement son bol de salade sur le mur, puis donnant un coup de poing dans celui-ci de toutes ses forces, traversant le gypse, mais il resta figé, respirant à peine et fixant le bol.

— Est-ce que tu veux que je m'en aille? demanda-t-elle, encore sur ce ton de pitié.

— Vous avez fait ça où? qu'il lui demanda en la dévisageant douloureusement, mais toujours sur ce ton neutre et impassible.

Elle ne répondit pas et pleura. Il expira lentement et en profondeur.

— Au fond, je veux même pas le savoir. Je m'en crisse! (Il haussa le ton.) Tu peux ben… (Et dans sa tête il criait : « Tu peux ben fourrer le bar au complet, crisse de salope! J'm'en câlisse! ») Tu peux ben… faire ce que tu veux. C'est ta vie.

Et il se tut pour de bon. Leurs regards ne se croisèrent plus. Elle attendit quelques secondes. Tous deux regardaient leur bol de salade. « Veux-tu que je m'en aille? » demanda-t-elle encore. Mais il ne répondit rien. Elle se leva, enfila ses bottes et son manteau. Il l'écoutait enfiler son manteau et il eut envie de lui dire de rester, de lui dire qu'il comprenait, ou plutôt qu'il lui « pardonnait », mais il savait qu'il n'y avait rien à pardonner, qu'il avait raison, sans le vouloir, de dire que c'était « sa vie » à elle. Tout de même, une partie de lui voulait qu'elle reste, qu'elle se colle contre lui, qu'elle le console, lui dise qu'elle regrettait et que c'était lui qu'elle aimait. Il aurait voulu qu'elle entende toutes ces choses, qu'elle *comprenne* tout cela, mais il resta muet, paralysé, la gorge enflée de silence. Quand il entendit la porte se refermer et les pas de Cynthia s'éloigner dans le couloir, il resta assis, immobile pendant quelques minutes, le regard rivé sur la table, mais ne regardant rien de particulier.

Puis il se mit à penser à eux, à elle et cet inconnu. Il imaginait cruellement Cynthia à califourchon sur son amant ; il imagina sa peau douce sous les mains de l'inconnu, ces mains qui couraient le long de ses hanches fermes, puis derrière ses fesses ; il imagina Cynthia chevauchant l'inconnu, y prenant plaisir ; il imagina son doux visage lorsqu'elle jouissait… Il bondit de la chaise, propulsé par un violent spasme. Il se mit à respirer très fort, les mains appuyées sur le comptoir devant l'évier. Les traits de son visage étaient contractés et ses muscles, raides comme du fer froid. Il eut un autre spasme, celui-ci lui faisant raidir le dos. Il se tenait debout et tourna lentement son cou pour l'étirer. Il tenta de blasphémer, mais seul un horrible sifflement sortit de sa bouche. Il expira profondément puis commença à se raisonner, parfois même en marmonnant à voix basse. Il se dit qu'au fond c'était normal que Cynthia s'intéresse à d'autres hommes. N'avait-il pas lui-même eu quelques aventures ? C'était dans la nature humaine que de chercher la chaleur d'un autre corps, c'était ce que les gens faisaient depuis des milliers d'années… Oui, tout cela représentait l'ordre normal des choses, se disait-il en faisant oui de la tête et en répétant « C'est correct… C'est correct ! » Mais soudainement il imagina brièvement Cynthia embrassant l'inconnu dans le bar, aux yeux de tous, alors qu'elle était saoule. Cette image passa rapidement, comme une froide bourrasque. Il eut de nouveau un spasme, moins violent cette fois, qui fit frémir sa tête. Ce n'était pas tant une image qui le faisait souffrir qu'autre chose, dans ses tripes, qui durait et s'étendait en lui-même, comme une idée indéfinissable mais essentielle. Dans cette idée, il y avait quelques images éphémères de cette soirée où Cynthia et l'inconnu, lèvres contre lèvres, s'enlaçaient dans le bar, mais il y avait aussi toute une époque qui le torturait, *leur* époque, *leurs* moments tendres, *leurs* baisers, *leur* intimité révolue. Il y avait leur histoire qui manquait d'air et qui poussait de l'intérieur, contre son ventre, ses côtes et sa poitrine. Il y avait ce monde qu'il gardait captif depuis toujours, ce petit rêve au fond de son âme. Jonathan inspira profondément et bâilla. « C'est pas grave… » murmura-t-il en secouant la tête de gauche à droite. Il se dit qu'il fallait agir comme d'habitude, ne pas se laisser envahir par des images douloureuses, surtout ne pas les créer ! Demain, il retournerait travailler et continuerait sa vie. Dehors, le jour tombait et la cime de la grande épinette dans la cour s'assombrissait, découpait le ciel encore un peu bleu. On entendait dans la ruelle une mère crier à son petit garçon de rentrer ; du logement d'en dessous parvenait la voix presque inaudible d'un annonceur de nouvelles télévisées. Jonathan bâilla de nouveau. La violente agitation avait fait place à un étrange engourdissement. Il éteignit les lumières de la cuisine et se dirigea vers la chambre à coucher, où il s'étendit sur le lit, tout habillé, le visage contre l'édredon. Il pensa à Cynthia qui courait dans la rue de Mentana à peine une heure plus tôt ; il la poursuivait et elle se retournait parfois en souriant. Avant de sombrer dans un lourd sommeil, il entendit son rire clair.

* * *

Il s'éveilla en sursaut, alarmé par le vague pressentiment d'avoir commis une faute. Il vit qu'il était quatre heures du matin et qu'il était en retard à son quart de travail à la pâtisserie. Il bondit du lit en sacrant et courut enfiler ses bottes et son manteau dans le hall d'entrée. Ses idées étaient embrumées, comme engluées dans son esprit sirupeux. C'était encore la nuit. Il courut dans la rue de Mentana, puis dans l'avenue du Mont-Royal, jusqu'à la pâtisserie où il travaillait. En chemin, il ne croisa personne, seulement un taxi qui filait vers l'est désert. Il se rappelait les événements de la veille, mais les regardait comme si cela lui était devenu étranger, comme si c'était l'histoire d'une personne qu'il connaissait peu et pour qui il avait de la compassion.

Il entra dans la pâtisserie, essoufflé, pâle comme l'hiver. Son patron lui adressa un regard plein de reproches et lui tendit un tablier. Il se tenait devant lui, attendant des explications pour ce retard de cinq minutes, le deuxième cette semaine. Jonathan enleva son manteau et alors qu'il le suspendait à un crochet près de la caisse enregistreuse, son patron lui dit : « Coudonc ! Tu sens donc ben le diable ! » Il le renifla davantage et lui dit : « Tu sens le bœuf ! » Et alors Jonathan renfila son manteau en panique, lança en vitesse une explication à son patron à propos de son bœuf qui brûlait, et il repartit aussi vite qu'il était arrivé.

Il courut jusqu'à la rue de Mentana, où il ralentit, à bout de souffle. Il haletait bruyamment ; ses yeux coulaient malgré lui, de froid et de fatigue. Il passa devant le banc de neige où lui et Cynthia étaient tombés la veille et y vit l'empreinte, encore là, de leurs corps. Quelque chose s'était passé, là, lorsqu'il l'avait tirée vers lui et que leurs souffles s'étaient mêlés ; il y avait eu là quelque chose de tendre et de vrai. Il en était sûr. Était-ce de l'amour ? se demanda-t-il, en proie à une soudaine excitation, comme si l'espoir était revenu illuminer la torpeur dans laquelle il s'était réveillé. Il appellerait Cynthia et aurait l'air d'avoir accepté son aventure. Oui, il la comprenait ! C'était hier… C'était du passé… Il se remit aussitôt à courir, monta les escaliers de son logement et vit qu'il avait oublié de verrouiller sa porte.

L'odeur du bœuf brûlé le frappa aussitôt. C'était une odeur intense et horrible, lourde de gras. Il alla éteindre le four, enfila les mitaines, sortit la rôtissoire et enleva le couvercle. La fumée s'échappait densément du plat, qu'il mit aussitôt sous l'eau du robinet ; la cuisine s'enfuma furieusement. Il se précipita pour ouvrir la fenêtre de la cuisine. L'eau débordait maintenant de la rôtissoire ; quelques patates cramées avaient décollé et flottaient à la surface ; le bœuf et les carottes gisaient au fond, complètement noircis. Jonathan alluma la lumière de la cuisine. Tout était encore sur la table : le vinaigre, le sel et le poivre, les olives et les bols de salade. Il regardait tout cela, la bouche mi-ouverte, les yeux rougis et cernés. Il tremblait et frissonnait. Il jeta les olives et la salade, puis il s'assit sur la chaise, promena éperdument son regard autour. Dehors, provenant du toit voisin, on entendait des cris de mouettes se querellant.

Jonathan regardait fixement le téléphone. Il renifla l'air de la cuisine, puis le col de son manteau, et il eut une moue de dégoût. Il toussa violemment et vomit presque. Il enleva son manteau et retourna s'étendre sur son lit, convaincu que cette odeur resterait à jamais imprégnée en lui.

Le trésor de la fin

Moi, je sortais de la cuisine avec une tartine au beurre d'arachide et à la confiture de framboises, et c'est là que je l'ai vue. C'était la fille la plus sexy que j'avais vue de toute ma vie. Quand elle a déposé son sac de la Société des alcools, au moment de payer papa pour la chambre, j'ai plongé mon regard entre ses seins. Elle portait une camisole blanche dont le décolleté laissait deviner une poitrine ferme et pigeonnante. Ses cheveux châtains étaient attachés serré en queue de cheval. Ses grands yeux verts et son sourire en coin lui donnaient un air rieur. Sa peau fine avait ce teint propre aux gens en excellente santé. Son short bleu marine cachait à peine ses longues cuisses lisses et bronzées; on voyait même le galbe naissant de ses fesses. J'avais arrêté de marcher, complètement saisi, pendant qu'elle payait papa avec sa carte de crédit. Papa préparait son reçu et elle attendait, accoudée au comptoir qui lui arrivait à la poitrine et qui la faisait déborder de sa camisole. Quand elle a regardé vers moi, je me suis remis à marcher. Elle m'a souri, dévoilant des dents blanches parfaites, mais j'ai détourné mon regard du sien. Heureusement, papa s'est mis à parler : « C'est la dernière chambre au fond du corridor, à votre gauche… Euh, non… à votre droite! Si vous avez besoin de quelque chose, ne vous gênez pas pour le demander. Demandez-moi. Les déjeuners seront servis de huit heures à dix heures. » Moi, j'avais déjà refermé la porte du sous-sol. Je mangeais ma tartine dans le noir, debout dans les escaliers, les yeux fixés sur la lumière sous la fente de la porte et attendant fébrilement la suite. La fille a demandé à mon père s'il y avait, ici au village, un bar où les jeunes sortaient. Pendant que mon père lui recommandait un endroit, j'ai entendu d'autres personnes entrer. Il y avait les voix de deux gars et celle d'une autre fille. Puisque c'était la chambre 4 qui avait été louée (celle avec deux grands lits), j'en ai déduit que ce groupe était constitué de deux couples. J'ai avalé la dernière bouchée de ma tartine et je me suis assis dans les escaliers, les yeux à la hauteur de la fente de la porte.

— La chambre est dans le fond ? a demandé une voix d'homme.

— Oui, à droite.

Comme sa voix était douce !

— T'as le rhum ? a demandé l'autre fille.

— Oui, dans le sac. Tiens, qu'elle a dit.

J'ai entendu deux bouteilles s'entrechoquer, puis des bruits de pas. Ils sont tous passés devant la porte et j'ai regardé leurs pieds passer. Les tongs de la fille claquaient à chaque pas. Une violente excitation montait en moi. Entendre ses tongs claquer sur la fine peau de ses pieds m'a fait bander. Je me suis trouvé vraiment con de ne pas lui avoir souri quand j'en avais eu l'occasion. J'ai serré fort mon sexe tendu à travers mon pantalon de coton ouaté.

Après ça, je suis allé dans le salon du sous-sol, qui était juste sous la chambre 4, pour les écouter. Il y avait toutefois trop de bruit pour que j'entende ce qu'ils disaient. Dehors, un voisin passait la tondeuse et il faut dire aussi que les fondations de l'auberge craquaient en tout temps, en plus des bruits fréquents de tuyauterie. Je suis donc retourné à mon bureau, dans ma chambre, pour continuer d'écrire l'aventure de *Dungeons & Dragons* que j'allais faire jouer à mes amis la semaine suivante. C'était une aventure dans laquelle les héros étaient appelés à délivrer une communauté gnome de l'esclavage que leur imposaient des gobelins. En cours de route, il y aurait aussi des kobolds, des orcs, des ogres et tout ça. Je me demandais encore ce que j'allais mettre dans le trésor final. J'aimais bien que les aventuriers, à la fin de leur quête, trouvent un gros trésor, avec des pièces d'or, bien sûr, mais aussi des objets magiques. Moi, en tout cas, quand je jouais, j'aimais bien que le maître du jeu nous fasse découvrir des objets magiques, qu'il permette à nos personnages de devenir puissants et qu'il ne nous fasse pas crever après seulement une ou deux aventures. Cet après-midi-là, j'ai écrit cinq pages de cette aventure dans mon cahier Canada. Puisque j'avais déjà dessiné la carte du repaire souterrain des gobelins, je ne faisais que décrire précisément ce que les aventuriers allaient y voir. Chaque fois qu'ils entreraient dans une pièce du souterrain, je n'aurais qu'à leur lire exactement ce que j'avais écrit. Quand ma mère a crié, dans la descente du sous-sol, que le souper était prêt, j'ai refermé mon cahier et j'ai couru vers le rez-de-chaussée, montant les marches deux à deux.

Les clients soupaient rarement à l'auberge. C'était un *bed and breakfast*. Si un client le désirait, il pouvait souper ici, mais il devait alors manger ce que nous, notre famille, mangions ce soir-là. Il aurait donc été surprenant que la fille soupe avec nous. Ceux qui choisissaient de souper avec nous dans la grande salle à manger étaient toujours des couples radins ou des personnes âgées. Jamais de jeunes. Ma mère faisait d'excellents repas, mais l'auberge n'était pas un restaurant. Ce soir-là, nous étions seulement notre famille, soit mes parents et moi. Pain de viande sauce aux tomates, patates bouillies et fèves vertes. Je savais que les deux couples étaient encore dans la chambre 4 puisque j'entendais parfois des rires provenant du corridor.

— Est-ce que l'auberge est remplie ce soir ? ai-je demandé à mon père.

— Non, qu'il a dit en beurrant sa tranche de pain brun, il reste trois chambres de libres. Mais on va sûrement les louer ce soir. Y a un gros tournoi de balle en fin de semaine, pis ils annoncent du beau temps.

J'ai avalé une grosse bouchée de pain de viande. On a ri de nouveau dans le corridor.

— Le monde dans la chambre 4... Ils font pas mal de bruit... ai-je dit, le regard obliquant vers mon père et ma mère.

— Oui. C'est deux couples de Montréal. Mais je pense pas qu'ils font partie du tournoi. Juste des touristes.

Ma mère me regardait en souriant. J'avais l'impression qu'elle me lisait comme un livre ouvert. J'ai terminé mon repas en vitesse. Depuis quelque temps, je n'aimais plus rester trop longtemps à table. J'ai remercié mes parents pour le souper et je suis retourné au sous-sol. En refermant la porte, une étrange frénésie s'est emparée de moi. J'ai pouffé de rire et descendu les escaliers en courant, soudainement poussé par une intense sensation de courage, comme si j'aspirais à de grandes choses ou à de grands changements. À ce moment, il était clair pour moi que j'irais voler l'alcool de la chambre 4.

Il me fallait être moins voyant. J'ai enlevé mon pantalon jaune fluo et mon chandail Vuarnet blanc pour enfiler un pantalon, un t-shirt et un kangourou noirs. Je me suis ensuite assis dans le fauteuil du salon et j'ai concocté mon plan.

Il était 19 heures et je me suis dit que les deux couples sortiraient sans doute entre 20 heures et 22 heures, à moins qu'ils n'aient pas encore soupé. Peu m'importait puisque, de toute façon, j'agirais lorsqu'il ferait noir. J'ai entendu un cri féminin, suivi de rires ; on aurait dit qu'ils se tiraillaient, là-haut. Je les imaginais dans la chambre 4 : la fille se faisant chatouiller par un des gars pendant que l'autre couple faisait une bataille d'oreillers. C'est ainsi que j'imaginais la scène. J'ai été tenté d'aller les espionner par la fenêtre, mais ça aurait été trop risqué puisqu'il faisait encore clair. Je devais attendre. J'ai eu la bonne idée d'enlever un panneau du plafond suspendu pour mieux entendre en haut. Je ne réussissais toujours pas à entendre ce qu'ils disaient, mais au moins, j'entendais mieux. Lorsqu'ils partiraient pour le bar, je le saurais.

Je n'avais bu qu'une seule fois avant cette soirée. C'était avec Daniel, qui était de trois ans mon aîné. Dans le cabanon de ses parents, nous avions bu de la vodka jus d'orange dans une outre en cuir. Souvent, je demandais à Daniel : « C'est quoi, l'effet ? Quand est-ce que je vais savoir si je suis saoul ? » Et Daniel me répondait : « Enwèye, bois ! Tu vas savoir. » Et je buvais à grandes gorgées, en grimaçant le moins possible, et enfin j'ai su. Mes jambes sont devenues très lourdes comparativement au haut de mon corps, comme si la gravité me retenait au sol par le bas, malgré moi, alors que mon corps cherchait, par le haut, à s'évaporer. Ma pensée, elle, devenait légère et confiante. C'était une sensation étrange, mais j'ai tout de suite trouvé que c'était agréable.

Ils semblaicnt s'amuser, là-haut. Il était près de 20 heures et ça rigolait fort. Moi, plus j'attendais, plus mon esprit devenait fébrile. J'avais l'impression que j'allais commettre un acte très courageux. Mon excitation dépassait la simple agitation physique, comme lorsque j'allais espionner les voisins ou lancer des cocottes dans les vitres des gens, le soir. Ma conscience était dans un état très aiguisé, gourmande et à l'affût des éventualités. Je visualisais avec précision chaque geste que j'allais exécuter, imaginant les différentes tournures que pouvait prendre mon entreprise. Même si je n'avais encore rien fait, je me sentais incroyablement futé. Me faire prendre ? Hors de question ! Pas moi.

Vers 21 heures, ma mère est descendue pour apporter du linge sale dans la salle de lavage. Elle m'a demandé pourquoi j'avais déplacé un panneau du plafond. Je lui ai dit qu'il y avait une souris dans le plafond et que papa allait devoir remettre un peu de poison là-dedans. Elle a eu l'air de me croire. Nous avions souvent des souris qui couraient dans le plafond. Nous les entendions, le soir, dans le sous-sol. Notre chatte, Mitsou, passait parfois des heures à regarder le plafond, suivant de ses yeux verts de chasseresse le bruit de leurs petits pas. J'ai souhaité bonne nuit à ma mère et elle est allée rejoindre mon père, qui écoutait *The X-Files* dans le salon du rez-de-chaussée et qui mangeait probablement ses rôties beurrées avec de la mélasse.

La fille et les trois autres ont quitté leur chambre à 21 h 13 exactement. Moi, je suis resté assis et j'ai décidé que j'allais agir à 22 h 30, quand mes parents dormiraient et qu'il ferait noir. Je me suis dit que je ne devais pas voler de bouteille d'alcool, mais seulement une partie du contenu. Ils le remarqueraient sans doute si une bouteille disparaissait, mais pas si seulement une partie manquait. Qu'est-ce qu'ils auraient bien pu dire ? Qu'il manquait ça d'alcool dans une bouteille ? Non. Ils ne remarqueraient rien. Au pire, les deux connards se querelleraient pour savoir qui avait bu une partie de l'alcool sans le dire aux autres. De toute façon, personne ne soupçonnerait le fils de l'aubergiste, un bon petit gars de treize ans.

À 22 h 20, je suis allé dans ma chambre et j'ai enfilé une

paire de bas noirs par-dessus mes souliers parce que ceux-ci, des Daoust 301, étaient blancs, et que dans l'obscurité ça aurait été tape-à-l'œil. J'ai ensuite placé quelques coussins sous la couverture pour imiter mon corps qui dort dans mon lit, au cas où ma mère descendrait au sous-sol durant mon absence. J'ai aussi pris soin de laisser une fenêtre débarrée, encore pour prévenir une action de ma mère, qui aurait pu barrer la porte de l'atelier par où j'allais sortir. J'ai éteint toutes les lumières du sous-sol et j'ai marché dans le noir, écoutant attentivement les bruits de l'auberge. J'entendais des craquements et quelques sons de tuyauterie, mais rien qui semblait être de source humaine. Je suis allé dans l'atelier et j'ai tiré sur l'énorme loquet pour débarrer la porte.

En montant l'escalier humide et sale de l'entrée de la cave, je me suis félicité d'avoir mis des bas par-dessus mes souliers. Non seulement c'était moins voyant, mais aussi le coton avait l'avantage d'étouffer le bruit de mes pas. Je me suis dit qu'un bon voleur devait posséder ce genre de bottes à semelles feutrées. Je me suis tout de suite réfugié sous une épinette et je me suis immobilisé pour écouter, appuyé contre le tronc du grand conifère. J'entendais la musique du bar, au loin, qu'un vent chaud m'amenait tout en faisant bruisser le feuillage des érables alentour. C'était une nuit claire et dégagée ; la lune était presque pleine. J'ai quand même attendu deux minutes pour que mes yeux s'habituent à la nuit. Mon pouls s'accélérait ; j'étais très énervé. J'avais envie de courir, de sauter ou de crier, poussé par une témérité débordante. Cette étrange pulsion était soudainement montée dans ma gorge et m'avait presque fait pouffer de rire. J'ai rapidement longé le mur arrière pour me rendre sur le côté de l'auberge, juste au-dessous de la fenêtre de la chambre 4. Derrière moi, des lilas touffus me cachaient au cas où un voisin aurait regardé vers l'auberge. J'ai jeté un coup d'œil à la fenêtre de la chambre. Seuls une moustiquaire et des stores verticaux me séparaient de la pièce sombre et silencieuse. J'ai fait glisser la moustiquaire de la fenêtre, qui n'était pas barrée, exactement comme je l'avais prévu. Au village, jamais rien n'était barré. J'ai ensuite allongé le bras jusqu'à la chaînette des stores verticaux et je l'ai tirée juste assez pour pouvoir entrer. Je serrais les dents, apeuré et fébrile, me concentrant sur mon ouïe, pendant que les lattes des stores se balançaient et s'entrechoquaient, me semblait-il, en un vacarme.

Le bord de la fenêtre m'arrivait aux épaules. J'ai grimpé jusqu'à l'intérieur, retenant mon souffle pour m'assurer que je ne faisais pas de bruit. C'est quand j'ai posé mes pieds dans la chambre que j'ai commencé à vraiment craindre le pire. J'ai entendu le plancher craquer dans le corridor et je me suis figé. En une fraction de seconde, tout s'est bousculé dans ma tête et j'ai envisagé des scénarios catastrophiques dans lesquels on me reniait et m'accusait de vol. Je ne respirais plus. Mais le corridor est redevenu silencieux. Ce n'était qu'un craquement du vieux plancher. Dans la chambre, ça sentait l'alcool et le tabac. Toujours sans bouger, j'ai examiné les lieux. Je voyais bien grâce à la lumière de la lune. Il y avait des valises ouvertes et des vêtements sur les lits. En m'approchant, j'ai vu qu'il y avait un soutien-gorge. Immédiatement, j'ai eu une érection. J'ai regardé vers la porte de la chambre, j'ai avalé ma salive et j'ai pris le soutien-gorge. C'était la première fois que je tenais le soutien-gorge d'une inconnue. C'était le sien, celui de la belle fille, j'en étais convaincu. Il était fait d'un tissu synthétique lisse et doux. Je l'ai senti. Il avait une odeur si douce, si étrangère, si féminine. C'était un arôme agréable que j'ai respiré lentement. J'étais très excité, oubliant que j'étais où je n'avais pas du tout le droit d'être. J'ai gardé le soutien-gorge dans ma main et j'ai cherché l'alcool. Sur la commode, près de la petite télévision, la silhouette d'une grande bouteille se dessinait parmi celles des bouteilles de bière. Je me suis dit qu'après tout je n'étais peut-être pas aussi futé qu'un bon voleur, puisque j'avais oublié d'apporter un récipient pour transvider l'alcool. J'ai marché à pas feutrés vers la salle de bains, où j'ai pris un des verres. Mon cœur se débattait dans ma poitrine ; je ressentais chaque battement jusque dans mes tempes. J'ai ensuite pris la bouteille. Malgré la pénombre, j'ai vu qu'il s'agissait de rhum et qu'elle était presque pleine. J'ai aussi remarqué une autre bouteille sur la table de chevet, mais je ne sais pas ce que c'était. Moi, le rhum me convenait. J'ai dévissé le bouchon et j'ai rempli le verre. Puis j'ai avalé une grosse gorgée, non sans grimacer, à même le goulot. J'ai repensé à la fille et à sa poitrine qui avait débordé sur le comptoir. J'ai humé le soutien-gorge de nouveau. J'avais envie de le garder, mais c'était trop risqué, alors je l'ai lancé vers la valise ouverte. Il est tombé à côté, sur le lit. Tant pis, me suis-je dit en me tournant vers la fenêtre. Toutefois, je suis tout de suite retourné le prendre pour le remettre dans la valise, là où je l'avais pris, mais je l'ai senti encore une fois et je l'ai gardé dans mes mains quelques secondes, en regardant vers la fenêtre ouverte. J'étais follement excité ; mon érection devenait inconfortable. J'ai fini par remettre le soutien-gorge à sa place et j'ai ensuite posé le verre de rhum sur l'allège de la fenêtre, que j'ai silencieusement enjambée avant de poser les pieds dans l'herbe à l'extérieur. J'ai repris le verre de rhum et j'ai regardé si personne n'arrivait. J'ai ensuite déposé mon butin sur le sol, j'ai refermé les stores en tirant sur la chaînette, puis la moustiquaire. J'ai écouté attentivement en direction de la rue ; il m'avait semblé entendre une femme parler. Était-ce ma mère? J'ai regardé vers la fenêtre de mes parents, au deuxième étage. Pas de lumière ni de bruit. J'ai avalé une petite gorgée de rhum et j'ai marché calmement vers les escaliers du sous-sol avec mon verre presque plein. En descendant, j'espérais que ma mère n'avait pas barré la porte. Comme je l'avais prévu, personne n'était venu en bas. Je suis allé dans ma chambre et j'ai transvidé mon verre de rhum dans une petite bouteille en verre de 7Up, que j'ai ensuite dissimulée dans le placard, derrière ma boîte de cartes de hockey.

Je me suis ensuite dénudé et je me suis assis dans le fauteuil du salon pour me masturber. J'imaginais la fille de la chambre 4, rentrant plus tôt du bar et me surprenant en train de sentir son soutien-gorge. Elle me menaçait de me dénoncer à mes parents si je ne couchais pas avec elle... Après avoir éjaculé, j'ai repensé à mon petit vol pendant de longues minutes, dans l'obscurité. Je me sentais incroyablement rusé. J'avais l'impression de changer, de grandir, et que l'avenir me réservait de bien belles choses et qu'aucun obstacle, désormais, ne serait trop grand pour moi. Je m'imaginais vaguement, à l'école, devant les casiers avec Jessica et Chantale, les deux plus belles filles de ma classe. J'étais un peu gris et elles trouvaient ça cool; elles riaient de mes blagues et j'exerçais sur elles un mystérieux pouvoir d'attraction. Mais de petits bruits au-dessus de ma tête m'ont extirpé de ma rêverie. Finalement, il y avait bel et bien une souris dans le plafond. Le crime était parfait!

Je suis allé me laver les mains et j'ai remis mon caleçon avant de me mettre au lit, ivre d'orgueil et de vagues espoirs. Je me rappelle avoir fait de gros efforts pour rêver de la fille de la chambre 4, l'imaginant qui venait me rejoindre, lasse d'être avec son abruti de copain et ayant pour seul vêtement une petite culotte satinée... Mais mes efforts étaient vains ; je n'arrivais pas à me laisser prendre par le rêve. Pis encore, je n'arrivais pas à m'endormir. Au bout d'une quinzaine de minutes, je me suis remis à penser au jour où je boirais l'alcool à l'école, à Jessica et Chantale, au moment où je raconterais mon aventure à Daniel... Après une demi-heure, j'étais complètement agité. Je me suis dit qu'un peu de rhum m'aiderait à dormir, alors je me suis levé et j'ai sorti la bouteille du placard.

J'avais barré la porte de la salle de bains et je m'étais assis sur la cuvette. Le goût était tout aussi horrible que la première fois, mais malgré les haut-le-cœur ressentis, j'ai persisté à boire vite. Je voulais rapidement reproduire cet effet, le même que la première fois, quand mes jambes étaient lourdes. Après la quatrième gorgée, une douce chaleur est descendue en moi. J'étais bien. J'ai souri. Puis j'ai bu deux autres gorgées coup sur coup. Ma bouche s'est remplie de salive et j'ai eu un autre haut-le-cœur. Mais après deux minutes, j'étais encore mieux, complètement détendu. Il n'en restait que pour quelques gorgées dans la bouteille, pas assez pour reproduire l'effet une autre fois, alors j'ai avalé le reste.

Avant de sortir de la salle de bains, je me suis regardé dans le miroir et j'ai ri. J'ai ri parce que j'avais l'air saoul. J'aimais ça. Les yeux petits et vitreux, les joues rosées, j'exhibais un irrépressible sourire. En éteignant la lumière, je me suis dit qu'il fallait que je retrouve de l'alcool le lendemain, afin de pouvoir revivre ça pendant toute une soirée, avec d'autres, samedi soir. Je me suis mis au lit, j'ai repensé un peu à la fille de la chambre 4. Je savais que j'allais m'endormir en quelques secondes. Je ne ressentais plus cette étrange pulsion qui était montée dans ma gorge plus tôt. Tout en moi s'était tu et j'étais bien. Je crois qu'au moment de fermer les yeux, j'étais vraiment devenu quelqu'un d'autre.

Propre

Elle ouvre les yeux et se redresse brusquement dans son lit en repoussant la couette d'une blancheur éclatante. Elle est en sueur dans son pyjama. Les rayons du soleil plombent sur le lit blanc et illuminent toute la pièce. Elle reste assise dans son lit quelques minutes, en regardant autour. Ses yeux bleus sont bouffis et humides. Les chiffres rouges du cadran indiquent 9:16. Sur la commode en chêne, près d'une enveloppe cachetée, les feuilles du dragonnier, d'un vert mat, sont recouvertes de poussière.

Son ventre gargouille. Elle pose les pieds sur la surface froide du plancher de marqueterie et marche vers la cuisine, entre les meubles vides et les boîtes pleines. Elle s'arrête devant le comptoir, où il y a une assiette, un bol, des ustensiles, du pain et une boîte de flocons de maïs. Son ventre gargouille de nouveau. Elle tourne le robinet et laisse couler l'eau froide pendant quelques secondes. À travers la fenêtre au-dessus de l'évier, elle regarde l'érable balancer ses branches nues dans le vent, devant la rivière. Il neige faiblement. Elle se remplit un grand verre d'eau froide et s'appuie sur le comptoir. Elle prend une gorgée et soupire en regardant les boîtes dans la cuisine et le salon, dont le contenu est inscrit au marqueur noir : Ustensiles, Livres, Casseroles, Bouffe, Vaisselle, Divers... Elle marche jusqu'à la porte-fenêtre du balcon arrière. Elle fixe les reflets de la lumière du soleil sur la surface tremblante de la rivière. Elle finit d'avaler son verre d'eau et retourne à la cuisine. Elle remarque quelques taches sur le plancher. Elle passe son doigt sur le dessus du réfrigérateur. Il reste de la poussière.

Une main sur le robinet qui coule, l'autre sur la hanche, la tête en l'air, elle attend, arpentant le plafond du regard. Les pointes de ses longs cheveux châtains frisent légèrement sous l'action de la vapeur de l'eau chaude. Le seau se remplit en un bruit sourd. La sonnerie du téléphone la sort de sa torpeur. Elle le regarde sonner quatre coups. Elle répond enfin.

— Oui, allo ?

— Salut ! C'est Karine. Qu'est-ce que tu fais de bon ?

— Rien. Je fais du ménage…

— Est-ce que ça te tente de sortir ce soir ? Question de fêter ton départ. On se verra pas avant un bon bout…

— C'est vraiment gentil, Karine, mais j'ai une tonne de choses à faire avant de partir… Je ne veux rien oublier, tu comprends… T'es vraiment fine.

— …

— T'es pas fâchée, Karine ? J'ai vraiment pas mal de choses à faire…

— Je pourrais venir t'aider ? J'ai envie de te voir… On se voit plus depuis que t'es sobre. On n'est pas obligées de se défoncer, tu sais. J'suis capable d'être *straight*, moi aussi, pour une soirée…

— C'est pas ça, Karine… Je t'aime beaucoup, tu sais… Oublie-le pas. Promets-moi que tu l'oublieras pas, OK ?

— Ben oui, c'est ça… Tu m'aimes, c'est effrayant… Bye ! Bon voyage !

Elle regarde longuement le combiné dans sa main. Elle le serre dans sa paume moite. Une larme coule sur sa joue. Elle raccroche et débranche l'appareil. Dans la cuisine, l'eau coule toujours dans le seau, qui déborde dans l'évier. Elle s'assied sur le plancher, adossée au divan, les bras entourant ses jambes repliées vers elle. Elle enfouit son visage entre ses genoux. Elle se balance ainsi sur elle-même quelques minutes en échappant des sanglots, entre les boîtes en carton brun, dans le silence du grand salon vide. Elle se relève en se frottant les yeux, étourdie. Elle se dirige vers la salle de bains en reniflant, essuyant le bout de son nez du revers de sa main. Dans la cuisine, le seau d'eau continue de déborder dans l'évier.

Lorsqu'elle allume la lumière, son image lui apparaît dans la glace. Ses yeux sont rougis et mouillés. Elle baisse les yeux, puis se mouche. Elle étire ensuite son cou en tournant sa tête lentement, de gauche à droite, puis de droite à gauche. Elle s'observe de nouveau dans le miroir et inspire profondément. Elle fixe la céramique du plancher sale de la salle de bains. Elle se regarde dans les yeux quelques secondes et expire d'un coup sec, avant d'éteindre la lumière. Elle retourne à la cuisine et ferme le robinet.

Elle se verse un verre de rhum épicé Captain Morgan sur glace. Elle en boit une gorgée et dépose le verre sur le comptoir. Elle va dans la chambre à coucher avec le seau d'eau et la guenille. Elle pose le seau au pied du lit, enlève toute la literie et l'enfouit dans un grand sac à ordures. Avec la guenille humide, elle époussette la table de chevet, la petite bibliothèque vide, l'allège de la fenêtre, la commode et le pot de la plante. Elle prend ensuite l'enveloppe cachetée et la dépose sur le comptoir de la cuisine. Elle boit une autre gorgée de rhum épicé et rince la guenille sous l'eau froide. Elle retourne dans la chambre pour épousseter le dragonnier, passant délicatement le linge humide sur chacune des feuilles. Elle s'assied ensuite sur le lit. Elle y reste quelques minutes, la guenille dans la main, à regarder la plante, dont les longues feuilles vertes reluisent enfin. Elle soupire. Elle jette la guenille dans le seau, qu'elle apporte au salon, puis elle revient avec le balai, qu'elle passe dans tous les recoins, sous le lit et sous la commode, traînant son tas de poussière jusque dans le salon. Elle appuie le balai contre le mur et ferme la porte de la chambre. Elle retourne à la cuisine, où elle vide le verre d'un trait. Elle fixe ensuite ses yeux sur les deux glaçons dans le verre, qu'elle tient devant son visage impassible. Elle remplit de nouveau le verre et le laisse sur le comptoir.

Elle empile toutes les boîtes près de la porte d'entrée, ainsi que les sacs de vêtements, qu'elle aligne le long du mur. Elle passe ensuite à l'époussetage de la table du salon, de la grande bibliothèque, de la grande table, du buffet en acajou et des allèges de fenêtres. Elle est en sueur. Elle va vider l'eau du seau devenue tiède et sale dans la cuvette et tire la chasse. Elle prend son verre et va s'asseoir sur le divan, placé face à la porte-fenêtre du balcon arrière, à un mètre. Elle déguste son rhum lentement, en regardant la rivière couler. Il ne neige plus. Midi approche. De grosses gouttes d'eau tombent sur le balcon. Le soleil plombe sur le toit enneigé du duplex. Un gros glaçon fondant atteint presque la rampe du balcon.

Elle se verse un troisième verre pendant que le seau se remplit d'eau chaude. Dans la cuisine, le gros du nettoyage est terminé. Le réfrigérateur est vide et propre, les armoires sont nettes, la cuisinière aussi. Les fenêtres, impeccables. Elle range le pain, la boîte de céréales, l'assiette, le bol et les ustensiles dans une boîte en carton. Elle passe le linge humide sur les portes d'armoires et sur le comptoir. Elle boit ensuite debout devant l'évier. Entre chaque gorgée, elle fixe la guenille et la bonde.

Elle renverse les quatre chaises sur la table et enlève les amas de poussière et de cheveux qui sont collés sur les pattes. Elle balaie ensuite la salle de bains, le salon et la cuisine, tirant même les meubles pour balayer en dessous. Elle vide de nouveau son verre d'un trait. Son visage pâle est impénétrable. Elle sort deux autres glaçons du congélateur. En les laissant tomber dans le verre, elle dit : « Glok ! Klok ! » puis elle éclate de rire. Elle arrête brusquement, soupire, puis remplit son verre de rhum épicé. Elle lève la bouteille devant ses yeux. Elle est à moitié vide. Elle regarde l'image du capitaine Morgan quelques secondes et lui dit : « Ben oui ! » avant de pouffer de rire et de reposer la bouteille sur le comptoir.

Elle retourne dans la chambre à coucher avec la vadrouille et un seau d'eau chaude au Pine Sol. Elle nettoie le plancher, puis le sèche avec la vadrouille tordue. Lorsqu'elle a terminé, elle regarde la chambre, satisfaite. Le cadran à chiffres rouges indique 13:12. Le soleil reluit sur les meubles et le plancher. Ça sent bon le pin. Le dragonnier verdoie. Elle referme la porte.

Elle passe ensuite la vadrouille dans le reste de l'appartement. Elle s'assure qu'aucune tache ne subsiste sur le plancher. Elle s'applique particulièrement lors du séchage, rinçant et tordant la vadrouille trois fois avant d'essuyer l'eau savonneuse sur le plancher. Une fois rendue à la salle de bains, elle se regarde dans le miroir. Ses yeux sont bouffis ; son visage, blafard. Elle ouvre la porte de la pharmacie et sort un tube de pilules. Elle avale les trois dernières pilules de codéine avec un plein verre d'eau tiède. Elle s'assied ensuite sur le couvercle rabattu de la cuvette, s'accoude sur ses genoux et appuie son menton sur ses paumes. Elle attend que le plancher du salon soit sec. Elle ne quitte pas des yeux les sillons humides que la vadrouille a laissés. Elle les regarde s'estomper et disparaître. Elle se lève, les yeux fermés, la tête légèrement inclinée vers l'arrière. Elle ouvre les yeux et sourit lentement. Elle rince et tord la vadrouille une dernière fois, avant d'aller l'appuyer contre la rampe du balcon arrière. Elle jette l'eau sale par-dessus bord, dans la neige en bas, et laisse le seau vide sur le balcon. Elle revient prendre le verre et la bouteille et s'assied sur le divan.

Le ménage est terminé. Elle sourit. Elle regarde la rivière couler en sirotant son rhum. Un vent frais entre dans le salon par la porte-fenêtre. Elle hume l'air de l'hiver qui s'achève. Son visage prend des couleurs. Elle écoute la rivière couler. Les branches nues de l'érable se balancent dans le vent. Elle bâille. Elle finit son verre et, lentement, elle s'endort.

* * *

… a eu lieu sur la 40 Est, près de la sortie Papineau, c'est donc au ralenti. Sur la 25 Sud, on nous dit que…

Elle se réveille tranquillement au son de la radio. La voix de l'annonceur lui parvient de la chambre à coucher. Il est 14:45. Elle se lève, un peu étourdie. Sa bouche est pâteuse. Elle se la rince avec une petite gorgée de rhum à même la bouteille. Elle marche jusqu'à la fenêtre près de la porte d'entrée, tire légèrement le rideau et regarde la vieille Nissan grise, en bas, dans le stationnement. Dans la chambre à coucher, la radio se tait. Madame Paquette apparaît enfin, entre dans sa voiture, la démarre et part pour le travail. Elle lâche le rideau et se retourne vers le salon. Le vent souffle fort. Elle regarde toute la pièce et frissonne. Elle serre les dents et plisse les yeux. Ses lèvres se mettent à trembler. Elle porte les mains à son visage et passe les doigts sur ses yeux. Elle met ensuite une main sur son ventre et, de l'autre, s'appuie sur le divan. Elle recroqueville légèrement son corps et commence à trembler. Elle prend la bouteille et avale deux grosses gorgées. Elle tousse en reposant la bouteille sur le plancher. Des larmes lui coulent des yeux. Elle échappe un sanglot. Elle referme la porte coulissante du balcon arrière. Le vent et la rivière se taisent. Elle ferme les yeux, prend cinq grandes respirations, essuie ses larmes et expire lentement.

Elle jette le verre, la bouteille et la guenille dans le sac à ordures. Elle le noue, enfile ses pantoufles et sort déposer le sac au bord du chemin. En remontant les escaliers, elle regarde aux alentours. Personne. Le temps est doux. C'est une belle journée. En entrant, elle dépose le balai sur les sacs de vêtements et jette un dernier coup d'œil à la cuisine et au salon pour vérifier que tout est propre. Elle referme la porte d'entrée et verrouille la porte. Elle met la clé sous le tapis de l'entrée. Elle se dirige vers la cour arrière. Elle enjambe la bordure de neige. Son pied brise la croûte et s'enfonce dans la neige. Elle avance ainsi vers la rivière, lentement. Elle regarde ses pieds rougis par le froid briser la croûte de neige à chaque pas. Elle perd ses pantoufles dans la neige et se met à pleurer. En se dirigeant vers le petit quai en ciment, elle voit le trou que l'eau sale a formé dans la neige blanche, sous le balcon de son appartement. Elle détourne le regard et sanglote violemment. Au bout du quai, elle pousse un bloc de neige dans la rivière avec son pied. Le bloc se mouille, puis coule lentement dans l'eau en s'éloignant. Elle regarde autour. Personne. Elle se jette à l'eau, les pieds devant, le corps raide et droit. Elle serre les dents et les poings. Son corps cale dans la rivière. Trois mètres plus loin, elle sort la tête et les bras de l'eau et se débat en reprenant fougueusement son souffle, les yeux grands ouverts et terrifiés. Elle voit l'érable se balancer dans le vent. Ses muscles se crispent rapidement. Elle perd conscience. Son corps disparaît plus loin, où la rivière se rétrécit, sous un embâcle.

* * *

La jeune femme inspectera l'intérieur des armoires vides. Le vieux propriétaire se tiendra devant le réfrigérateur et la regardera. Le copain laissera couler l'eau chaude dans l'évier.

— Elle devient chaude vite ! dira-t-il en retirant rapidement son doigt du jet d'eau.

— La plomberie n'est vieille que de cinq ans ! répondra le vieil homme.

— Six cents dollars... Est-ce que ça comprend le chauffage ? demandera la femme.

— Chauffage et eau chaude compris, mademoiselle... dira-t-il.

Le couple suivra le propriétaire au salon. La jeune femme sourira à son copain. Elle avancera vers la porte-fenêtre du balcon arrière en y inspectant les cadrages. Elle fera coulisser la porte ; un vent tiède entrera dans le salon. Elle regardera couler la rivière, derrière le grand érable feuillu.

— C'est calme ici... dira-t-elle en soupirant.

— Belle vue, n'est-ce pas ? répondra le vieil homme derrière elle.

— Et c'est propre ! ajoutera le jeune homme du fond de la pièce en jetant un coup d'œil dans la chambre à coucher vide.

— Oui, dira le propriétaire en se retournant. Les derniers occupants étaient très propres.

Entre amis

Il m'avait appelé deux jours avant pour qu'on se voie. Un mois plus tôt, j'avais entendu dire que Julie l'avait quitté, ce qui ne m'avait nullement surpris, mais en entendant sa voix au téléphone, j'avais craint que Julie n'eût dit quelque chose sur elle et moi. Mais Pat voulait simplement me voir. « Ça serait le fun » était ce qu'il avait dit, sans trop d'entrain toutefois.

Il était donc là, à midi comme prévu, au coin de Peel et Sherbrooke, à côté de l'abribus. Il fumait une cigarette, toujours avec son air un peu prétentieux, en regardant les gens d'affaires et les commis de bureau se presser vers les restaurants pour le dîner. Je lui ai fait un signe de tête quand il m'a vu. On s'est serré la main. Je le regardais droit dans les yeux. Il a dit qu'il allait bien et je l'ai cru. Il a dit cependant que ça pourrait aller mieux en souriant étrangement. Même si, rationnellement, je pouvais comprendre qu'il dise que « ça pourrait aller mieux », mon intuition me disait qu'il savait peut-être tout et j'avais déjà hâte d'en finir avec ce doute. On a traversé la rue Sherbrooke sans parler, puis on a attendu au feu rouge rue Peel :

— On va se droguer ? que je lui ai demandé en souriant.

— OK, qu'il a dit en riant et en expirant la fumée de sa cigarette avant de la lancer à travers la bouche d'égout.

Lui et moi, on fumait toujours du pot, alors il m'a semblé normal de le lui offrir. De plus, ça détendrait l'atmosphère. On est allés dans la ruelle derrière le pavillon Bronfman. Je me suis arrêté et j'ai allumé le joint. Je venais tout juste de le rouler dans les toilettes. J'ai tiré trois coups, je le lui ai passé et on a continué à marcher. J'ai failli lui demander à propos de Julie, mais j'ai attendu que ce soit lui qui en parle. On a monté la ruelle en fumant. Derrière le pavillon Peterson, on s'est assis sur un rempart en ciment. Il a tiré un dernier coup puis m'a présenté le joint. De la main, je lui ai fait signe de le jeter et il a tiré une dernière fois sur le mégot avant de le faire. Il a attendu quelques secondes, puis a recraché sa fumée en l'air. On entendait encore, plus bas, la circulation de la rue Sherbrooke. Il y avait devant nous la cour d'une garderie, derrière une haute clôture en bois. On entendait les cris et les rires d'enfants qui jouaient. J'ai regardé Pat. Il fixait le sol, le regard vide.

— Ouin… Ça gèle… qu'il a dit.

On s'est regardés une fraction de seconde et on a ri un peu. Puis on s'est tus. Les enfants jouaient toujours ; un vent chaud faisait bruire les feuilles du grand peuplier près de la clôture. On a remarqué qu'une musique *dance* jouait fort, quelque part sur le campus. La musique s'est arrêtée et on a entendu une voix parler dans un microphone. Puis la musique est repartie de plus belle. C'était *You got to pump it up*. On a marché vers le centre du campus.

Je ne sais pas pour lui, mais j'étais plutôt givré. Je suis toujours plus gelé quand je fume avec les autres, surtout au travail ou à l'école. Au secondaire, Pat et moi fumions chaque jour, puis on s'est perdus de vue au cégep. Il avait étudié à Trois-Rivières, moi à Montréal. Il n'avait pas continué ses études et moi j'étais entré en gestion du tourisme. On ne se voyait que lorsque je retournais chez mes parents, à Granby. Il travaillait maintenant dans un supermarché, mais il écrivait encore des poèmes. Je crois qu'il détestait son boulot. Pour les poèmes, c'était toujours du noir, de la mort et des histoires de néant existentiel. Mais ça, c'était Pat. Soit qu'il avait l'air prétentieux, soit qu'il avait l'air au bord des larmes. Alors tout son être transpirait l'apitoiement; son dos voûté, son regard de chien malade, sa lippe lourde et tombante, ses soupirs… Mais quand même, on avait parfois eu beaucoup de plaisir; il suffisait qu'on ne soit pas sérieux.

Il souriait : « Tout le monde a des vêtements McGill… Le capitalisme, c'est fou comme c'est… comment c'est, c'est… » a-t-il balbutié. Pat en venait toujours à sortir ses vieilles rengaines sur la société de consommation. « C'est la société qui veut ça ! » disait-il parfois, comme pour illuminer la conversation d'un argument final. Ça arrivait souvent, aussi, qu'il ne finisse pas d'exprimer son idée, peut-être simplement parce que c'était toujours la même et qu'il s'en lassait. J'ai pensé à Julie après qu'il eut parlé. Elle et moi avions une fois ri de cet aspect de la personnalité de Pat; elle m'avait même relu quelques lettres qu'il lui avait écrites et dans lesquelles il pestait contre la société. Je me suis senti coupable. J'allais lui demander s'il avait vu Julie récemment quand un type baraqué qui passait devant nous a attiré notre attention. Il était pieds nus dans ses tongs en caoutchouc gris qui claquaient à chaque pas. Son t-shirt blanc McGill moulait son torse et ses gros biceps. Il portait aussi un short noir McGill. Sa mâchoire inférieure était énorme et anormalement avancée par rapport au reste de son visage. Une sacoche mauve pendouillait à son épaule. Ses cheveux étaient figés dans le gel, vers l'avant, formant une horrible crête de coq. Pat et moi, on s'est regardés et on a ri en traversant la rue McTavish.

Devant la bibliothèque Redpath, les gens se prélassaient

dans l'herbe. Des étudiants jouaient une partie d'*ultimate frisbee* sur le grand terrain de jeu. Il faisait très chaud. J'ai vu que la musique provenait de l'avenue McGill College, devant le portail de l'entrée principale. Je me suis rappelé qu'il y avait une manifestation étudiante ce jour-là. La veille, un gars en poncho m'avait donné un dépliant en me sommant de me joindre à la manif pour faire plier Charest sur les droits de scolarité. Quelque chose comme ça.

— On va voir ? ai-je proposé.

— On peut ben… a dit Pat.

Il semblait y avoir vraiment beaucoup de monde. Il y avait là tout un vacarme. En approchant de la foule, j'ai vu que Pat avait l'air tendu. Je savais qu'il allait parler de Julie ; j'ai commencé à être nerveux. Il m'a demandé : « Julie… Est-ce que tu l'as vue récemment ? » J'ai répondu que non et c'était la vérité. La seule chose que j'avais à me reprocher, c'était notre histoire la veille du jour de l'An. « Elle veut plus me parler », a-t-il ajouté, soudainement beaucoup plus calme. Je ne savais pas si je devais dire quelque chose, comme une phrase réconfortante ou quelques mots d'espoir. J'avais peur de me compromettre. J'ai voulu le laisser continuer, mais il n'a rien ajouté. Après quelques secondes, il m'a semblé qu'il était trop tard pour dire quoi que ce soit. J'ai dit que le pot était fort, mais il le savait sûrement. Je me sentais con.

Don't you know, pump it up !
You've got to pump it up !
Don't you know, pump it up !
You've got to pump it up !

Des coups de sifflet stridents se mêlaient à la musique. Je me suis demandé s'il y avait toujours de la musique dans les manifestations. Tout le monde était entassé sur l'avenue

McGill College. Devant le portail de l'université, un gros camion muni d'une plate-forme était parqué, sur lequel des animateurs dansaient, face à la foule, à côté d'énormes haut-parleurs. C'était très bruyant. J'étais confus. Quand on a traversé la rue, une fille nous a remis des sifflets verts fluorescents. On a ri. Des policiers aux verres fumés nous regardaient, debout près de leurs motos. La musique s'est arrêtée. Un des animateurs a convié la foule à faire plus de bruit. La foule a crié et sifflé davantage. On s'est accotés sur le mur d'un édifice pour regarder le rassemblement. Il y avait au moins mille personnes.

Les gens en veston et cravate qui passaient sur le trottoir regardaient d'un air amusé les étudiants rassemblés dans la rue. La foule grandissait. De plus en plus d'étudiants occupaient le trottoir. J'étais mal à l'aise. J'avais la vague impression qu'on me regardait, comme si j'étais un intrus. Un gars nous a remis des pancartes, sans nous demander notre avis. Elles disaient : « Non au dégel des frais de scolarité ! » Pat a donné un coup de sifflet et il a ri. J'ai souri. Une fille avec des gros seins m'a regardé. J'ai détourné le regard et j'ai agité ma pancarte. Je me suis trouvé ridicule. J'ai arrêté. Elle ne me regardait même plus. C'étaient de sacrés gros nibards ! Un animateur a pris la parole. Il a demandé à la foule de chanter avec lui un slogan qu'on distribuait :

Charest ! Charest !
Prends-nous pas pour des navets !
Charest ! Charest !
Fais pas juste nous dire des mots,
Sinon on aura ta peau…

La foule a répété le slogan à trois reprises, puis la musique est repartie de plus belle. La chanson *Le Frisé,* de

Mononc' Serge, enivrait la foule excitée. Les gens sautillaient, sifflaient, riaient et criaient. L'odeur de marijuana, que j'avais sentie par moments, commençait à s'intensifier. Des gens se sont mis à danser. La masse d'étudiants a pris une expansion soudaine, de sorte que plus rien ne nous séparait d'elle. J'ai regardé Pat. Il avait les yeux très rouges. Je ne sais pas s'il était aussi mal que moi, d'être ainsi annexé à la foule. Je n'ai pas osé le lui demander. Après tout, il était plutôt engagé, au secondaire. Peut-être qu'au fond de lui il croyait que les choses pouvaient changer. L'animateur a dit que la manifestation allait se mettre en marche dans trente minutes. Je me demandais si j'allais pouvoir tenir aussi longtemps.

J'ai aperçu un reporter avec un micro de TVA, suivi de son caméraman, qui rôdait parmi les étudiants, les scrutant de la tête aux pieds, à l'affût d'une entrevue. J'ai eu la trouille. Je ne voulais surtout pas passer à la télé. Je n'avais rien à dire. J'ai imaginé un père de famille, à l'heure du souper, dire à sa famille d'un ton franc : « Regardez les deux paumés qui se cherchent une cause ! Ils ne savent même pas pourquoi ils sont là ! » Le reporter est passé près de nous. J'ai baissé les yeux. Pat aussi. Bon sang que ses yeux étaient rouges ! Le reporter a questionné une jeune femme au regard intelligent. J'essayais d'entendre ce qu'elle disait. Des trucs comme immobilisme, action, gouvernement, inacceptable, ensemble…

Charest ! Charest !
Prends-nous pas pour des navets !
Charest ! Charest !
Fais pas juste nous dire des mots,
Sinon on aura ta peau…

Près de nous, un pâle boutonneux ricanait avec son ami ; je pense qu'ils trouvaient la chanson très drôle. Puis un étudiant avec un large pantalon de clown et des bretelles arc-en-ciel a surgi devant nous ; il avait l'air saoul. Il agitait deux pancartes au-dessus de sa tête et sifflait sans arrêt. Il avait d'énormes lunettes jaunes dépourvues de verres. Il a tortillé son corps chétif pendant au moins une minute. Le caméraman l'a filmé. Moi et Pat, on ne disait plus rien.

— Marc, chu tanné… qu'il a dit.

— Moi aussi… On s'en va !

On a déposé nos pancartes contre le mur de l'édifice et on a marché vers l'avenue du Parc. Derrière nous, le refrain contre Charest reprenait de plus belle. Pat s'est mis à rire d'un rire tordu et fatigué. Ça m'a fait du bien. J'ai ri moi aussi, mais je ne savais pas pourquoi ; Pat me regardait d'un air vraiment bizarre. Après, on est allés chez Cora déjeuners. J'avais très faim. En entrant, Pat est allé aux toilettes. Je me suis assis à une banquette et j'ai repensé à ma petite aventure avec Julie. On s'était embrassés et masturbés un peu l'un et l'autre au cinéma, pendant que Pat était en voyage de planche à neige dans l'Ouest. C'était elle qui avait commencé par poser sa main sur la mienne… C'était vraiment une salope, après tout, d'avoir fait ça à Pat ! En plus, si elle avait fait ça avec moi, elle avait sûrement fait pire. Quand Pat est revenu s'asseoir, il avait les yeux rougis, comme s'il avait pleuré. Il avait son air piteux ; tous ses traits disaient que la vie était laide, dure et souffrante. Ça me fâchait de le voir ainsi.

— Tu vas être beaucoup mieux sans elle, ai-je dit pour le secouer.

— Pourquoi ? m'a-t-il demandé en levant la tête.

Son visage, encore une fois, avait changé d'air. Je ne savais pas trop si c'était de l'espoir ou de la ruse qui brillait maintenant dans son regard, mais ce n'était certainement plus de l'apitoiement.

— Je sais pas... Je pensais que ça n'allait plus tellement bien entre vous deux... ai-je dit. Non? ai-je ajouté, à voix plus basse, en le regardant.

Il regardait maintenant la poivrière sur la table. Je ne respirais plus, attendant sa réponse. Il a avalé sa salive, lentement, et il a pris une gorgée d'eau. Il a cherché la serveuse du regard. Je me demandais s'il avait entendu ma question. J'ai répété: « Non? » et il a dit: « Non quoi? » avec un air faussement perdu, me semblait-il. Mais peut-être aussi qu'il n'avait juste pas envie d'en parler. La serveuse est arrivée à ce moment. Pat attendait ma réponse et la serveuse me regardait également, mais j'ai dit à Pat de laisser faire. Je n'avais presque plus faim, alors je n'ai commandé qu'une assiette de fruits. Pat a commandé deux œufs saucisses, avec deux extras bacon. J'étais surpris qu'il ait aussi faim. Je scrutais la moindre expression de son visage pendant qu'il s'adressait à la serveuse. Il avait l'air à l'aise, souriant à la serveuse comme si cette journée était devenue agréable. Quand la serveuse est repartie, j'avais la certitude qu'il savait tout. Il a bu trois grandes gorgées d'eau en baissant son regard vers moi, comme s'il faisait exprès de savourer mon malaise. Mais il a reposé le verre en expirant lentement et j'ai perçu de menues saccades de tristesse dans son souffle.

— Qu'est-ce que tu voulais dire, tantôt? qu'il a demandé.

— Je disais que je pensais que ça n'allait plus bien entre toi et Julie...

— Comment ça? a-t-il dit en écarquillant les yeux. Tu as entendu dire quelque chose?

— Ben non, ai-je dit en le regardant droit dans les yeux. Non. Je te l'aurais dit.

— Oui… J'espère… a-t-il dit lui aussi en ne me quittant pas du regard.

J'étais certain qu'il essayait de lire quelque chose dans mon visage. Je n'ai pas bronché. J'ai même ajouté qu'entre amis on devait se le dire si on savait des trucs sur nos blondes. Il a fait un bref sourire, puis a regardé vers les banquettes voisines d'un air égaré. Il ne voulait plus parler, mais moi je voulais qu'il en dise plus sur Julie. Je voulais m'assurer qu'il ne savait rien, mais je n'ai rien osé lui demander d'autre.

Au fond, il devait savoir. Je le crois parce qu'une fois nos repas servis, Pat n'a plus rien dit. Ses gestes étaient empreints de tristesse, ralentis par une vague mélancolie. Mais peut-être aussi qu'il ne faisait que dégeler. Je ne sais plus trop.

En sortant du restaurant, j'avais envie de retourner chez moi, mais Pat m'avait dit au téléphone qu'on aurait peut-être pu aller au cinéma, alors j'ai attendu qu'il en parle. On était dehors, sur l'avenue du Parc, et on ne disait pas un mot. Il a finalement dit qu'il était crevé. Mais étrangement, il n'avait plus l'air fatigué, ni triste. Ses yeux brillaient de nouveau.

— Pour le cinéma, finalement, je pense que je vais laisser faire… qu'il a dit. As-tu vu de bons films récemment, toi ?

Je me suis figé et je l'ai regardé. Lui ne me regardait même pas ; il a allumé une cigarette et a observé le ciel nonchalamment. Il m'a regardé enfin et a souri.

— Pourquoi tu me demandes ça ? que j'ai demandé. Je me sentais traqué comme une bête.

— Ben… Pour rien. Je pensais que tu y allais parfois. Y a plein de cinémas en ville… qu'il a répondu en me regardant étrangement.

— Ouin, ai-je dit pour rassembler mes esprits. Euh… Non, j'y vais plus tellement ces temps-ci. Toi ?

— Moi non plus… Je déteste les films américains et il y a juste ça qui joue ces temps-ci, a-t-il dit le plus sérieusement du monde en agitant vaguement la main dans laquelle il tenait une cigarette.

On s'est finalement serré la main. Je ne voulais pas qu'il me rappelle, mais je lui ai quand même dit : « On s'appelle ! » Il a simplement fait oui de la tête, de nouveau avec son air piteux, la cigarette entre les lèvres. Je suis parti vers l'arrêt d'autobus au coin de Milton, soulagé d'avoir atteint la fin de cette rencontre. Mais l'angoisse restait en moi. J'avais hâte de fumer un joint. En regardant l'autobus approcher, j'ai cru voir la silhouette de Pat qui attendait encore en face de chez Cora déjeuners. J'ai salué de la main, mais la silhouette n'a pas répondu. Ce devait être quelqu'un d'autre.

Je t'aime encore

Il l'attendait depuis maintenant une quinzaine de minutes, dans le café où ils venaient parfois, auparavant, prendre le petit-déjeuner ensemble le dimanche, souvent après avoir fait la grasse matinée... s'être réveillés, avoir parlé un peu, puis s'être rendormis. En repensant à ces tendres moments, il eut un pincement au cœur et dut consciemment se ressaisir pour éviter de s'apitoyer, car c'était là un luxe qu'il ne pouvait plus se permettre. Il ferma les yeux et inspira profondément. C'était tout ce qu'il pouvait faire, assis dans ce café qui lui rappelait tant de souvenirs, tant de choses qui appartenaient à un passé si récent. Il demanda à la serveuse de lui resservir un peu de café. Pendant qu'elle s'amenait avec la carafe fumante, il regardait dehors pour voir si Justine arrivait. Aurait-elle changé ? Lui, pour sûr, avait changé. Pour le mieux, pensait-il. Oui, pour le mieux... Mais parfois des éclairs de désespoir le traversaient et il savait qu'il était toujours habité par la peur de vivre. Une fois par jour, souvent avant de se coucher, le vertige le prenait, comme s'il marchait tout près d'un gouffre et qu'il suffisait de peu pour qu'il y tombe. Il secouait maintenant un sachet de sucre, le regard perdu dans le passage incessant des voitures dans la rue, pendant que la serveuse remplissait sa tasse.

— Merci, dit-il.

— De rien. Vous allez attendre encore un peu avant de passer votre commande ? demanda-t-elle.

— Oui, oui… J'attends quelqu'un… répondit-il. C'est… ajouta-t-il en pointant vaguement le doigt vers la rue, mais se taisant enfin sans trop savoir pourquoi.

La serveuse le regarda souffler sur son café chaud, avec une sourde compassion dans le regard, comme si sa vie à elle n'avait été qu'un rendez-vous manqué.

La terrasse du Café Rétro était bondée de clients. Charles s'était assis sur une banquette à l'intérieur, où le fil des conversations se noyait dans le tintamarre des couteaux et des fourchettes heurtant les assiettes et des cuillères dans les tasses de café. Les gens autour avaient cette oisiveté du dimanche, celle d'une paresse méritée ou d'un lendemain de veille. L'endroit était toujours aussi fréquenté le dimanche ; même les tabourets au comptoir étaient occupés, la plupart par de vieux garçons qui lisaient le journal et qui taquinaient les serveuses pressées mais souriantes. Lorsque des clients entraient dans le restaurant à la recherche d'une table, Charles baissait les yeux, gêné d'être seul sur sa banquette et d'attendre quelqu'un. Allait-elle venir ? Oui, bien sûr… Elle l'avait promis. Mais qu'aurait-elle à lui dire ? Voudrait-elle à nouveau de lui ? Il savait bien qu'il était encore imparfait, mais il avait cette confiance qui bourdonnait dans son ventre à l'idée de revoir Justine ; il voulait qu'elle soit témoin de ce qui allait changer en lui, de son évolution. Il voulait même vieillir avec elle. Lorsqu'il pensait à eux deux, à une retraite dans quelque maison de campagne, un enthousiasme fiévreux l'envahissait et de longs frissons lui montaient jusqu'à la nuque. Cette sensation était si bonne qu'il ne pouvait que la croire pure, tout comme il jugeait noble son désir de réparer ses torts. En quelque sorte, il devait remettre à Justine le morceau de vie qu'il avait l'impression de lui avoir enlevé.

Trois ans de vie commune. Puis Charles était retourné

vivre chez ses parents après un séjour de deux semaines au centre de désintoxication. Il était sobre depuis soixante-trois jours. Il était entré au centre en larmes, le chandail maculé de sang, les jointures écorchées, avec aucun espoir de s'en sortir... Mais il en était ressorti avec un rudiment de foi. Et tout cela avait du sens. Quoi d'autre aurait pu le sortir du trou où il croupissait, ce non-lieu où il trichait avec la vie en évitant de la vivre? Tout lui semblait clair aujourd'hui. Comment combattre son refus de vivre, sinon avec la foi? Il s'était toujours entouré de gens qui ne buvaient que du désespoir. À part Justine, bien sûr, qui l'avait poussé à demander de l'aide et qui, à sa manière, croyait en lui. Comment avait-il pu être si aveugle? Pour le moment, il vivait un jour à la fois, traversant péniblement les heures dans la solitude. Il avait parfois l'impression qu'un changement s'opérait. Il avait hâte de partager avec Justine ce qu'il était devenu, mais surtout ce qu'il croyait pouvoir devenir avec elle. Si seulement elle pouvait arriver, se disait-il en pianotant nerveusement sur la table, dont la nappe bleue à carreaux emprisonnait son regard depuis quelques minutes.

Il était maintenant 11 h 10. Au moment où il commençait à se faire du mauvais sang, il la vit traverser la rue vers le café. Il se leva immédiatement pour l'accueillir, même si elle ne le voyait pas, puis il se rassit lorsqu'il constata que les gens de la table voisine le regardaient étrangement. Il inspira profondément, les poings fermés, posés sur la table, puis il passa sa main dans ses cheveux. Il passa ensuite ses doigts dans le coin de ses yeux et autour de ses lèvres. Il voulait paraître impeccable. C'était tout ce qu'il pouvait faire. Le reste viendrait, inévitablement. Justine marchait maintenant sur la terrasse, vers la porte d'entrée. Charles ferma les yeux : « Donne-moi du courage... » chuchota-t-il. Lorsqu'il ouvrit les yeux, Charles vit qu'un jeune garçon, assis quelques tables plus loin, le regardait curieusement, les yeux béants, en mangeant son bacon.

Elle était ravissante dans sa jupe noire et son chemisier ajusté bleu vif. Sa peau était toujours aussi fine et ses petites joues avaient toujours ce teint naturellement rosé. Ses yeux bleus croisèrent ceux de Charles. Elle sourit et s'approcha de la banquette. Il se leva et ils s'embrassèrent sur les joues, un peu gênés. Il sentit qu'elle portait encore ce parfum capiteux qu'il adorait. Elle était sa petite fleur ; il en avait la conviction. Seulement deux mois s'étaient écoulés depuis leur dernière rencontre, mais il avait eu peur qu'elle eût perdu cette légèreté qui la rendait si belle, ce sourire toujours au bord du fou rire, cet éclat rigoleur dans les yeux et son air de fillette espiègle. Charles la regardait droit dans les yeux. Ils s'assirent en riant, mal à l'aise. La serveuse arriva ; elle avait cette fois-ci un grand sourire et les regardait avec une sorte de curiosité.

— Bonjour ! Il avait bien hâte que vous arriviez, dit-elle à Justine en parlant de Charles, qui souriait.

Justine se mit à rougir et pouffa de rire, sans regarder Charles toutefois, qui la regardait fixement.

— Vous allez prendre un café en attendant ? demanda la serveuse en présentant les menus.

— Oui, merci, dit Charles.

— Je vais seulement prendre un café, moi, répondit Justine. J'ai déjà déjeuné, ajouta-t-elle en refusant le menu.

— Tu veux même pas une petite brioche ou un muffin ? demanda Charles, visiblement déçu.

— Non merci, c'est gentil… dit Justine, mal à l'aise.

— OK… Bon… Alors, je vais juste prendre un muffin double chocolat, moi, s'il vous plaît. Apportez-moi de l'eau avec mon café, ajouta-t-il.

— Ça s'en vient ! dit la serveuse.

Justine et Charles se regardèrent pendant quelques secondes. Charles souriait. Justine aussi, mais fuyait le regard perçant de Charles par moments. Il avait nettement plus d'assurance, et également plus de paix dans les yeux, trouva-t-elle. Rien à voir avec la sourde colère qui brûlait dans son regard auparavant. Elle fut enfin la première à parler.

— C'est bizarre, hein ? dit-elle.

— De quoi ? demanda Charles.

— Ben... Nous deux... Ça fait longtemps ! T'as l'air bien... Je suis contente de voir que t'es mieux. Ça paraît vraiment. T'as pris du poids ! dit-elle en riant. Et des couleurs...

— Du poids ? Ah oui ? répondit Charles en jetant un coup d'œil rapide sur sa taille. Pas trop, j'espère ?

— Ben non, ben non... Ça te va bien. Quand t'es parti, t'étais tellement maigre pis pâle, s'empressa-t-elle d'ajouter.

Et ils se mirent à rire, plus par nervosité que par plaisir. Elle inspira profondément, puis elle expira, par saccades. Elle regarda autour, dans le restaurant.

— Ils ont changé les couleurs... dit-elle. Ça faisait longtemps que j'étais pas venue.

— Ben oui... C'est beau, quand même... répondit-il.

Il quitta Justine du regard pendant un moment pour examiner la nouvelle tapisserie crème. Elle en profita pour le regarder. Elle avait un air sérieux, évaluateur même, comme si elle essayait de déceler quelque chose dans le visage de Charles. Il lui avait si souvent menti... Quand il redirigea son regard vers elle, elle détourna le sien, puis leva la tête vers la serveuse, qui arrivait avec une tasse et la carafe à café, les deux verres d'eau et le muffin. « Et voilà ! » dit-elle en déposant tout sur la table. Justine adressa un grand sourire à la serveuse, qui versait le café de Charles. « Merci ! » dit-il. Puis il regarda Justine, qui observait maintenant un garçon et une fillette, dehors sur la terrasse. Les deux petits, qui étaient accroupis, examinaient ce qui devait être un insecte. Charles et Justine les regardèrent se parler. Le petit garçon venait de dire quelque chose à la fillette, mais celle-ci se leva et sembla le corriger. Elle secouait son index devant le garçon, comme une maîtresse d'école grondant un écolier, puis elle alla rejoindre sa famille à table. Le petit garçon resta accroupi, fasciné par ce qui était en fait une sauterelle qui semblait démembrée. Justine et Charles se regardèrent et rirent un peu. Puis il y eut un silence. Justine approcha son café de ses lèvres et souffla dessus avant d'en aspirer une petite gorgée. Charles continuait à la regarder. Elle leva les yeux, puis détourna le regard, encore gênée.

— T'es toujours aussi belle, dit-il.

Et elle soutint son regard une seconde.

— Merci. C'est gentil, dit-elle en souriant.

Et ils rirent de nouveau. Charles prit une bouchée de son muffin. C'était un muffin énorme, qui salissait les doigts tellement il était garni de pépites de chocolat.

— Pis… Toujours aussi heureuse à ton travail ? demanda-t-il.

— Oui. J'aime ça. On est moins occupés ces temps-ci, mais c'est normal… dit-elle. C'est le creux de l'automne.

Elle travaillait pour une agence touristique, ce qui leur avait d'ailleurs permis de faire plusieurs voyages à rabais dans diverses auberges des Cantons-de-l'Est ces deux dernières années. Il se demandait souvent s'ils retourneraient en voyage tous les deux, mais il aimait mieux éviter d'y penser. Il prit une gorgée de son café en la regardant. Elle avait un léger rictus et ses yeux avaient maintenant un air triste. Il n'en pouvait plus. Il voulait en venir au fait; il voulait savoir où ils en étaient. Il avala sa gorgée, cligna lentement des yeux et avala sa salive.

— Justine... M'aimes-tu encore? lança-t-il, un peu fort, comme un son enfin libéré d'une boîte close.

— Charles... dit-elle, les lèvres tremblantes.

Et ses lèvres tremblèrent à son tour. Ses yeux vibraient et il la regardait. Elle le fixait aussi du regard et lui prit la main, qu'il gardait encore sur son muffin. Une larme coula sur la joue rosée de Justine. Elle penchait la tête légèrement de côté, en une sorte de compassion qui chavira le cœur de Charles.

— J'ai le droit de savoir, Justine... dit-il tout bas. Je veux le savoir... S'il te plaît... chuchota-t-il.

Elle ferma les yeux et inspira profondément. Quand elle les ouvrit, Charles pleurait aussi, en silence, serrant sa mâchoire, son visage crispé et rouge. Elle se leva et vint le rejoindre de l'autre côté de la banquette. Elle mit son bras autour de lui. Charles enfouit son visage dans son cou, puis elle se tourna complètement vers lui pour l'entourer de ses deux bras, et il fit la même chose. Ils restèrent ainsi une longue minute, lovés sur la banquette en cuir rouge vin, sous quelques regards indiscrets, dans le bruit de fond des ustensiles qui grinçaient, du cliquetis des cuillères dans les tasses et de l'heureux babillage du dimanche. Parfois, un sanglot brisait leurs pleurs silencieux. Il huma profondément son doux parfum, pour la dernière fois peut-être, se disait-il, pendant qu'elle prenait conscience du fait que son étreinte ferme lui avait manqué. Il ouvrit les yeux et aperçut le petit garçon qui plus tôt mangeait son bacon et qui le regardait maintenant sans bouger, le visage empreint d'une innocente crainte d'enfant. Charles inspira profondément puis il lâcha Justine. Elle essuya ses larmes avec une serviette de table pendant qu'il se mouchait. La serveuse, qui arrivait pour demander s'ils ne manquaient de rien, fit demi-tour et alla s'affairer derrière le comptoir. Justine retourna s'asseoir de l'autre côté de la banquette. Charles avala une grande gorgée d'eau. Justine le regardait. Elle retenait ses larmes. Il expira d'un coup sec et la regarda dans les yeux. Elle posa de nouveau sa main sur celle de Charles, qui gardait tristement un sourire en coin.

— Charles… Je ne vais jamais t'oublier, ça c'est sûr ; tu as été trop important dans ma vie, dit-elle avant de marquer une pause. C'est sûr que je t'aime encore… Ça c'est sûr. Mais je peux pas passer par-dessus ce que tu m'as fait… Il faut que je me respecte… dit-elle, tout doucement.

Charles écoutait, en serrant sa lèvre inférieure et en acquiesçant d'un signe de tête malgré lui. Puis tout d'un coup son visage s'assombrit et il retira sa main d'un geste vif. Il regarda autour avec irritation et impatience.

— Charles… dit Justine. Charles, répéta-t-elle en bougeant la tête pour se mettre dans son champ de vision.

Mais le regard de Charles l'évitait et balayait la pièce avec ressentiment. Son regard tomba sur le jeune garçon, qui toujours le regardait, et qui soudainement l'énervait. L'idée que Justine voyait quelqu'un d'autre surgit dans son esprit, bien malgré lui, et il hochait la tête de gauche à droite en marmonnant des propos inaudibles.

— Charles, dit-elle. Charles ! insista-t-elle en reprenant fermement sa main.

— Quoi ? répondit-il sèchement.

Elle le regarda tendrement. Il serrait les dents et la lapidait du regard. Mais son regard à elle restait doux et triste. Il ferma alors les yeux en les plissant, comme pour étouffer sa souffrance. Il pensa à ses deux derniers mois, à tout ce temps qu'il avait pensé à elle, mais aussi à ce possible scénario, et il demanda du courage à Dieu. Du courage...

— Voudrais-tu payer, s'il te plaît ? demanda-t-il en se levant. Je vais t'attendre dehors, OK ?

Elle ne répondit pas et sortit immédiatement son portefeuille de son petit sac à main kaki. Il traversa le restaurant, puis la terrasse, pour aller s'asseoir sur un banc dans le petit parc en face. Elle le suivit, après avoir laissé dix dollars en vitesse sur la table et avoir montré le billet à la serveuse, qui, derrière le comptoir, lui avait répondu d'un regard entendu. Justine vint s'asseoir à côté de Charles et lui prit la main. Il lui sourit, puis ferma les yeux pour pleurer. Elle serra fort sa main et lui donna un baiser sur la tempe. Elle prit ensuite sa tête et l'appuya contre son épaule. Il resta ainsi quelques secondes, puis il releva la tête et renifla en passant le revers de sa manche sous son nez. Elle était mal à l'aise, ne sachant trop si Charles lui en voulait. Mais Charles regardait devant, vers le restaurant, avec dans ses yeux humides un éclat étrange que Justine n'avait jamais vu. Il avait l'air d'être là, avec elle. Elle reprit sa main, qu'elle baisa, et ils regardèrent les gens sur la terrasse pendant quelques minutes, sans dire un mot. Tout près, au pied d'un érable, deux écureuils reniflaient le sol et le creusaient par endroits, vidant leurs bajoues pour y enfouir leurs réserves de glands. Plus loin, sur un autre banc, une vieille dame lançait des miettes de pain à une douzaine de pigeons qui se les disputaient en froufroutant des ailes. Charles pensa à demander à Justine s'il y avait quelqu'un d'autre dans sa vie, mais il choisit plutôt de regarder vers le ciel, où de gros nuages ouateux, imperceptiblement, se déchiraient. Il serra la main de Justine, et il lui dit qu'il comprenait. Il le répéta, à voix plus basse, comme pour essayer de se convaincre. Ils continuèrent à regarder les gens sur la terrasse. On mangeait, on placotait, on riait. Des voitures s'arrêtaient à l'arrêt, au coin de la rue, puis continuaient lentement. On passait devant eux, à pied, sans les regarder. C'était un beau dimanche. L'automne arrivait et l'air était doux.

Charles se leva enfin. Elle se leva également. Ils se regardèrent tendrement. Charles secouait la tête de haut en bas, acquiesçant à une sorte d'entente implicite. Justine sourit. Et il sourit aussi, le visage couvert de larmes. Ils se prirent dans leurs bras et se serrèrent très fort.

— Fais attention à toi… lui chuchota-t-il à l'oreille.

— Toi aussi, Charles. Je suis contente de t'avoir vu… T'es vraiment une belle personne… Continue… lui dit-elle.

Puis ils se lâchèrent, essuyèrent leurs larmes, et partirent chacun de leur côté. Bien qu'il ne voulût pas le faire, Charles se retourna quelques pas plus loin pour regarder Justine s'éloigner. Au fond de lui, il espérait qu'elle se retournerait elle aussi, mais elle n'en fit rien. Il la vit tourner au coin d'un immeuble et disparaître.

Il resta là quelques secondes à regarder fixement le coin de l'immeuble. Un fol espoir montait en lui comme une ivresse. L'idée qu'elle reviendrait. Quelque chose en lui disait de partir et d'appeler quelqu'un, juste pour ne pas rester seul, mais une autre voix lui disait que peut-être alors Justine tournerait le coin et qu'il la manquerait. Il resta là encore un moment, debout, pendant que les gens passaient devant lui sans lui prêter attention. Il respirait de plus en plus faiblement et ressentait une vague lourdeur, un engourdissement intérieur qui envahissait lentement tous ses membres, jusqu'à ses mains qu'il gardait dans les poches de son pantalon. Il se dit qu'il regarderait le coin de l'immeuble encore dix secondes et qu'ensuite il partirait. Oui, ensuite il partirait pour de bon; il oublierait tout et lâcherait prise. Juste dix secondes…

Rendu à zéro, Charles expira, puis il leva les yeux, en une lenteur désespérée, sur l'immense façade grise de l'immeuble aux fenêtres sales. Quelques pigeons se tenaient sur la bordure du toit. L'un d'eux s'envola, suivi des autres, mais Charles continua à regarder l'édifice, dont le coin supérieur découpait le bleu du ciel presque dégagé. Sa respiration était maintenant inaudible et la sensation d'engourdissement montait jusqu'à sa nuque. Enfin, il ressentit un tel vertige qu'il ne put que lever la tête vers le ciel.

Ma mère sent bon

Ma mère est belle et elle sent bon. J'avais toujours pensé qu'un mort sentait la mort, mais ma mère ne sent pas la mort. Ses yeux sont fermés à jamais et elle sourit. On dira sûrement que les gens du salon ont fait du beau travail avec sa dépouille, qu'ils lui ont mis de la sérénité dans le visage et tout ça, mais moi je crois que c'est de la foutaise. Ma mère était belle avant de mourir et elle l'est encore.

Monsieur Caraquette vient de m'aviser qu'il ouvrira les portes du salon dans une demi-heure. C'est un gentil monsieur, M. Caraquette. On voit qu'il est habitué à côtoyer les gens dans ce genre de situation. Ce n'est que la troisième fois que je le vois, mais j'ai toujours l'impression qu'à chaque mot qu'il dit, il me chuchote qu'il comprend tout, que tout cela est naturel, que la mort n'est qu'un passage et que les choses suivent leur cours. Entre chaque phrase, ses paupières tombent lentement sur ses yeux comme de lourds rideaux de théâtre, et parfois il soupire en les relevant, et on dirait alors qu'il vient de parler à tous ceux qu'il a maquillés avant leur repos. Il reste debout près de moi quelques secondes, les mains jointes devant lui, et il regarde ma mère sans rien dire. Puis il soupire, sans me regarder, et retourne dans le hall d'entrée. J'entends comme des froufrous pendant qu'il replace les fleurs près de la porte. Je regarde les paupières fines et ridées de maman ; on dirait qu'elles sont faites de papier de soie. Comme tout cela est étrange…

Rémi, mon garçon de cinq ans, revient de la salle de bains. Je lui fais remarquer qu'il a oublié de remonter la braguette de son pantalon. Il la remonte et, gêné, il vient coller ses joues rouges sur ma cuisse, qu'il entoure de ses petits bras. Mais j'ai envie d'être seul avec ma mère et je lui dis d'aller m'attendre dans le hall. Il recule de quelques pas et regarde le cercueil d'un air curieux. « Est-ce que je peux la voir, maintenant ? » qu'il me demande. Je lui dis d'attendre, parce que « papa a besoin de rester seul avec grand-maman un peu… » Il soupire et se dirige vers le fond de la salle, où il arpente le mur, frôlant la tapisserie rouge vin de son index en essayant de siffler, mais n'émettant qu'un son nasillard irrégulier. Moi, je m'assieds près de maman et je repense à cette fois où elle m'avait tout dit, cette fois où ma mère avait cessé, pour un moment, d'être ma mère et où je l'avais considérée comme un être humain à part entière… Elle m'était apparue comme une étrangère avec qui l'on veut sympathiser.

Elle m'avait téléphoné un dimanche en fin d'après-midi. Je revenais tout juste de m'entraîner. Elle m'avait dit qu'elle devait me parler, qu'elle ne pouvait pas me le dire au téléphone et qu'elle devait me voir en personne. Elle viendrait me rejoindre au parc en face d'où nous habitions avant, dans mon enfance. Elle avait quitté le village depuis longtemps, mais moi, j'étais resté dans le patelin. Elle devait arriver dans moins d'une heure. Je me demandais ce qu'elle aurait à me dire cette fois. J'étais plutôt nerveux, comme chaque fois que je voyais ma mère à cette époque. Je n'avais que trente et un ans. Elle en avait quarante-huit. J'étais arrivé au parc une demi-heure à l'avance parce que je m'étais dit qu'elle aussi aurait pu arriver à l'avance et parce que j'avais hâte d'entendre ce qu'elle avait à me dire. Mais j'avais peur aussi. Nous commencions à peine à mieux nous entendre, elle et moi. Je m'étais assis sur un banc dans le parc et je regardais des petits garçons sur les balançoires. Ils se balançaient de toutes leurs forces puis se projetaient le plus loin possible, par-dessus le carré de sable, jusque sur le gazon, où ils tombaient en culbutant et en riant. Puis ils recommençaient. Moi, à leur âge, je ne riais pas. À leur âge, je levais des haltères.

Les gars de chez Weider n'avaient pas voulu me vendre d'haltères parce qu'ils disaient que j'étais trop jeune pour faire de la musculation, mais moi j'étais bien décidé et j'avais fini par obtenir ce que je voulais en les faisant acheter par le grand frère d'un de mes amis. Je m'entraînais tous les soirs, dans le salon. Ma mère était assise à la table de la cuisine avec mon petit frère. Elle était vulgairement maquillée et portait une jupe courte parce qu'elle allait sortir. Elle avait l'air d'une pute. Elle avait débouché une bouteille de bière et en avait versé un petit verre à mon frère avant d'en boire le reste. Elle buvait à grosses gorgées. Elle ne buvait que ça, de la bière, ma mère. Elle était folle. Mon frère, lui, n'avait que six ans.

— Pourquoi tu t'entraînes de même, comme un crisse de cave ! Tu pourrais ramasser ta chambre un peu... ou venir t'asseoir avec nous autres ! Tu crisses jamais rien ! qu'elle m'avait dit en reposant sa bouteille avec fracas sur la table. Penses-tu vraiment que tu vas devenir un Monsieur Muscles, maudit cave ?

Elle était déjà saoule. À vrai dire, elle était toujours comme ça. Moi, je tenais un haltère dans chaque main et je la regardais en forçant. Je savais que j'allais devenir fort. Peut-être que ça prendrait du temps, mais je le savais...

— J'vas devenir fort, pis plus tard, j'vas t'péter 'a yeule, ma tabarnak ! que je lui avais dit en ne la quittant pas du regard.

Elle avait éclaté de rire en regardant mon frère, qui ne disait rien et qui buvait sa bière à petites gorgées, les yeux vitreux et égarés. Puis elle avait calé trois grosses gorgées et s'était retournée vers moi.

— T'as ben beau t'essayer, mon p'tit crisse ! T'as ben beau... qu'elle m'avait dit. Mais t'es aussi ben de pas me manquer, parce que moé j'vas t'la péter ta p'tite face de fendant ! qu'elle avait ajouté en agitant son gros poing dans les airs.

Moi, j'avais continué à lever mes haltères en la regardant. Elle avait enfilé une dizaine de bières avant de sortir. Comme d'habitude, mon petit frère s'était endormi sur la table.

Rémi s'approche de moi, toujours en sifflant horriblement. Il tire sur mon veston et me demande s'il va y avoir du dessert plus tard. « Plus tard, Rémi, oui. Laisse papa parler avec grand-maman », que je lui dis. « Elle t'entend ? » qu'il demande. « Oui oui, Rémi », que je réponds en secouant ma main vers le hall d'entrée pour lui indiquer de s'éloigner. « Va voir monsieur Caraquette ! »

Ma mère avait garé sa voiture devant le parc. Les petits garçons étaient partis depuis quelques minutes déjà. Elle portait un pantalon et un petit tailleur gris avec une chemise rouge en dessous. Elle avait complètement arrêté de boire depuis neuf ans. Quand elle avait cessé de consommer, cela faisait déjà plusieurs années que j'étais sans nouvelles d'elle, et c'était bien ainsi. À l'époque, elle aurait pu crever que ça ne m'aurait pas empêché de dormir. Elle était vraiment folle. Mais depuis, chaque fois que je la revoyais, je trouvais qu'elle avait changé. Toujours en mieux. Chaque fois, je la sentais plus sereine, plus gentille aussi. Elle me parlait souvent de spiritualité. Moi, je n'en avais rien à foutre de ses bondieuseries et tout ça, mais si ça pouvait lui permettre de se sentir mieux, je n'allais sûrement pas l'empêcher. Elle m'avait dit bonjour puis s'était assise à côté de moi. Ma mère ne m'embrassait jamais. D'aussi loin que je me rappelle, ma mère ne m'avait jamais embrassé, ni moi ni mon frère, ou même fait un petit câlin. Ça aussi, je m'en foutais royalement. Qui aurait voulu se faire embrasser par elle ? Elle empestait toujours la boisson et la cigarette. J'avais grandi en m'habituant à cette situation. Tout le monde semblait en être bien content. C'était comme ça.

Je me souviens qu'elle était très nerveuse. Elle serrait son sac entre ses mains puissantes, en frottait le cuir rouge avec ses gros pouces. L'automne arrivait et les soirées commençaient à se rafraîchir. Le ciel était lourd de nuages gris, le vent s'enflait par moments et le temps faisait mine d'éclater en orage. Ma mère, qui regardait le vent soulever les feuilles mortes devant nous, avait replacé ses cheveux derrière ses oreilles avant de commencer à parler. Elle m'avait d'abord dit que j'étais maintenant un grand bonhomme, un homme même, et qu'il y avait des choses que j'étais sans doute maintenant capable d'entendre. Elle avait dit qu'elle aussi était prête à me dire certaines choses et qu'avant cela elle ne l'était pas. Je commençais à être nerveux. Elle avait fermé les yeux et soupiré. Moi, je ne disais rien.

Je me demandais bien ce qu'elle allait me raconter. Elle m'avait déjà dit, sept ans plus tôt, qu'elle s'excusait de ne pas avoir été plus présente dans mon enfance, précisant qu'elle était trop malade pour se rendre compte qu'elle faisait chier tout le monde autour d'elle. Elle disait que sa consommation d'alcool était une maladie. Maintenant, je pense que c'est vrai, mais avant, je pensais juste qu'elle était folle et qu'elle n'avait pas plus de cœur que de volonté.

Elle avait avalé sa salive. Je voyais bien qu'elle en arrachait. J'avais regardé vers les balançoires en me disant que ça la mettrait peut-être plus à l'aise pour parler. « T'sé, Benoît, je t'aime beaucoup, même si, quand j'étais malade, je souffrais tellement que j'étais pas capable de te le montrer… » avait-elle dit. « Mais ça, je te l'ai déjà dit », avait-elle cru bon d'ajouter. Elle respirait fort et je sentais qu'elle trouvait ça très dur. J'étais décontenancé. Je n'avais jamais vu ma mère ainsi. Ça me chamboulait pendant des jours entiers lorsqu'elle s'ouvrait à moi. « Bon… Je vais peut-être te dire ça tout croche, mais ça va sortir comme ça va sortir… » avait-elle dit en inspirant profondément.

Je la regardais alors, la bouche ouverte, les yeux écarquillés. Elle avait encore fermé les yeux, lorsqu'elle avait commencé à parler.

Je ne me rappelle plus trop combien de temps cela avait duré. Cinq, quinze, trente minutes au plus ? Mais je me rappelle que tout au long de notre entretien, je m'étais figé, transi. Elle m'avait confié que son père, lorsqu'elle était jeune, la « tripotait », que ses oncles et les amis de son père aussi, la « tripotaient ». Elle s'était habituée à ça, qu'elle disait. C'était ainsi. Son père et ses amis se réunissaient dans le sous-sol et elle allait les regarder jouer, leur apportait de la bière et des croustilles, et eux lui donnaient des tapes sur les fesses, la faisaient asseoir sur leurs cuisses et caressaient les siennes. Elle buvait aussi avec eux ; elle n'avait alors même pas dix ans. Elle avait grandi dans cette atmosphère. C'était normal. Aussi c'était normal pour elle de danser dans les clubs à l'âge de seize ans. C'était normal, me répétait-elle continuellement. Elle avait dansé, disait-elle, parce que déjà à cet âge elle avait soif pour mourir. C'était la façon la plus facile pour elle de gagner de quoi boire ; c'était logique. Mais en même temps, bien que ce fût « normal » pour elle de danser, elle se trouvait toujours crottée et sale ;

elle se sentait toujours mal et elle m'avait dit que c'est pour ça aussi qu'elle avait toujours soif, parce que lorsqu'elle buvait, elle se sentait bien, elle se sentait mieux.

C'était dans les clubs qu'elle avait commencé à prendre de la coke, qu'elle m'avait dit. Son père était toujours dans le décor. Sa mère, elle, était morte. Son père était devenu son « manager » ; elle et lui étaient partis pour les États-Unis, où il se faisait passer pour son mari. J'étais abasourdi de l'entendre me raconter tout cela aussi crûment ; elle me confiait ça comme on raconte l'histoire d'un film qu'on a vu la veille. Elle débitait tout cela très rapidement, toutefois, comme si elle avait peur que je lui coupe la parole. C'est lorsqu'elle était aux États-Unis, disait-elle, qu'elle avait commencé à coucher avec son père. Je me rappelle qu'elle avait dit qu'elle se sentait « comme de la marde en dedans ». Ça m'a marqué, qu'elle dise ça. Je n'avais jamais pensé que ma mère puisse se sentir mal. Pour moi, avant, ce n'était qu'une folle. Puis elle avait continué à danser dans les clubs, toujours afin d'avoir de l'argent pour se droguer et boire. Elle avait dit que « lorsqu'on couche avec son père deux trois fois par semaine, on s'en crisse après de se faire passer dessus par n'importe qui au bar... » Ça m'avait un peu dégoûté, qu'elle dise ça. Je me rappelle qu'elle avait dit ça comme en sifflant et c'est à ce moment seulement que je m'étais rendu compte qu'elle pleurait en racontant son histoire. Elle avait sangloté bruyamment quelques secondes. Moi, je ne savais pas quoi faire ; j'avais l'impression que je l'écoutais encore me parler, comme si je tardais à assimiler tout ce qu'elle me disait. Puis elle avait continué. Elle m'avait dit que la dernière chose qu'elle voulait au monde, c'était d'avoir un enfant de son « maudit chien sale » de père et qu'elle s'était donc arrangée pour avoir un enfant d'un autre avant de tomber enceinte à la suite d'un inceste.

Quand c'est arrivé, son père lui avait demandé si l'enfant était de lui, et elle lui avait dit de « manger de la crisse de marde », pour enfin le quitter et revenir au Québec. Mais elle continuait à boire jour et nuit, disait-elle, parce qu'elle se sentait comme une moins que rien. Et là elle s'était excusée de m'avoir « laissé souvent dans ma marde » quand j'étais jeune (parce que cet enfant qu'elle avait eu d'un inconnu, c'était moi), parce qu'elle était trop occupée à boire et à se geler. Puis elle avait dit qu'elle ne m'avait jamais pris dans ses bras parce qu'elle se sentait « crottée » et qu'elle avait peur de ce qu'elle était, d'être comme son père et de me faire du mal ou de me toucher. Je ne comprenais pas pourquoi elle disait ça, vraiment… Je me demandais alors si elle avait déjà eu envie de me toucher, moi, son fils, mais je n'avais rien dit. Je ne faisais qu'écouter. Elle s'était excusée plusieurs fois de ne m'avoir jamais donné d'amour. C'était sa façon à elle, disait-elle, de se protéger de ce que son père lui avait fait, sa façon à elle de ne pas répéter les mêmes « cochonneries ».

Elle avait continué à pleurer pendant une longue minute. Moi, je restais là, immobile et muet. C'était bizarre ; je me sentais absent, mais extrêmement lucide, c'est-à-dire que j'avais l'impression de me voir de l'extérieur, d'être non seulement le témoin de son récit, mais aussi le témoin de moi-même. Je ne m'apercevais même pas que des larmes coulaient de mes yeux. Je regardais ma mère qui sanglotait violemment, le visage enfoui dans ses deux grosses mains. Je ne la reconnaissais pas. Et à vrai dire, je ne la connaissais vraiment pas, ma mère. C'est peut-être pour ça que je me sentais si bizarre. Et puis elle avait arrêté de sangloter, avait relevé la tête et m'avait regardé. Ses paupières étaient enflées et son visage était complètement rouge et couvert de larmes. Elle avait reniflé et avait sorti un paquet de mouchoirs de son sac à main. Elle s'en était pris un, s'était mouchée, puis avait mis le paquet sur mes genoux. Le paquet était tombé par terre. Puis elle avait continué à parler.

Elle m'avait dit que j'avais le droit de savoir tout ça, de savoir pourquoi elle ne m'avait jamais donné d'amour. Elle savait que ça ne réparait rien, mais que c'était « le mieux » qu'elle pouvait faire. Puis elle avait arrêté de parler et m'avait regardé dans les yeux. Moi, je n'avais soutenu son regard qu'une seconde, puis j'avais regardé le paquet de mouchoirs au sol. Je ne savais pas du tout quoi dire, alors je n'avais rien dit. Je ne sais pas pourquoi, mais j'avais l'impression qu'elle ne s'attendait pas à ce que je dise quelque chose. Je pense qu'elle voulait juste que j'écoute son histoire. Mais quand même, j'aurais aimé dire quelque chose. Je ne voulais pas lui dire que je lui pardonnais quoi que ce soit, parce que honnêtement je ne savais pas vraiment quoi lui pardonner, pas plus que je ne sais encore ce que c'est que de pardonner. J'avais donc continué à regarder le paquet de mouchoirs par terre. Ma mère avait expiré en un long souffle douloureux mais libérateur. Je m'étais tourné vers elle. Elle me regardait maintenant d'un air sérieux. Je me demandais alors si elle s'attendait à des paroles de ma part, mais c'est elle qui avait parlé, je me rappelle exactement ce qu'elle avait alors dit :

— Pis je sais que c'est sûrement dur pour toi, Benoît, d'entendre tout ça d'un coup, mais il faut aussi que je te demande quelque chose, pis c'est ben important… Surtout pour toi… avait-elle dit gravement. J'aimerais ça, si t'as quelque chose à me dire, quelque chose que tu te dis, comme : « Elle emmènera pas ça au paradis, elle », il faut que tu me le dises, crois-moi, il faut pas que tu gardes ça en dedans.

Je le répète, j'avais l'impression d'être un simple

témoin, alors j'avais tout de suite répondu, ou plutôt je m'étais entendu répondre :

— Tu m'aurais posé cette question-là il y a dix ans, j'aurais eu ben des choses à te dire, maman, mais aujourd'hui, tout ce que tu me dis m'aide juste à mieux comprendre pourquoi t'étais comme ça avec nous autres…

Puis elle avait souri comme jamais je ne l'avais vue sourire et elle m'avait pris la main pour la première fois. Et nous avions pleuré ensemble.

« C'est des *brownies* ! » me crie Rémi en revenant du hall d'entrée avec le contour de la bouche plein de chocolat. Derrière lui se trouve M. Caraquette. Il sourit.

— Salut, mon grand… Viens voir grand-maman… que je lui chuchote en me levant alors qu'il s'accroche à ma jambe.

Je lui prends la main et nous nous approchons lentement du cercueil ouvert. Maman est allongée, les yeux fermés, un faible sourire sur les lèvres. Rémi monte sur la petite marche en s'accrochant sur le bord du cercueil. Il regarde maman sans rien dire, avec dans les yeux un touchant mélange de crainte et de fascination.

— Elle va dormir pour toujours, papa ?

— Oui, Rémi… Pour toujours…

— Je peux lui toucher, papa ? qu'il me demande en levant ses grands yeux tristes vers moi.

— Oui, tu peux la toucher, que je lui dis.

Et sa petite main touche la grosse main de maman, mais il la retire aussitôt et me regarde d'un air perplexe. Je lui souris. Josée, ma femme, arrive en arrière de Rémi et le prend dans ses bras. Je regarde maman. Ses yeux sont toujours fermés, ses mains toujours jointes sur son ventre… Et je sais que ce n'est que dans ma tête, mais j'ai l'impression que son sourire s'élargit. Alors, moi aussi, je ne peux que sourire.

Une mince affaire

Lorsqu'il glissa sa grande boîte à outils dans le coffre de la Ford F-150, le frottement des deux surfaces métalliques produisit un crissement. Robert détacha sa ceinture de menuisier, la rangea derrière le siège du passager, puis claqua la porte du camion, satisfait d'avoir travaillé durement toute la journée, de ne s'être jamais relâché malgré la chaleur accablante. Il passa ses mains sur sa chemise à carreaux bleu marine et rouge vin pour déloger le bran de scie qui s'était collé à la flanelle. Il retourna ensuite vers la terrasse latérale de la maison en construction. Le bois traité de la terrasse résonnait au contact de ses lourdes bottes à embouts d'acier. Les gars riaient et parlaient fort, contents de terminer leur semaine de travail et de pouvoir enfin « aller à la bière ».

— Comme ça, tu viens pas prendre une frette avec nous autres ? lança Christian, qui depuis toujours payait la première bière à tous ses employés le vendredi, à la taverne, mais qui savait bien que Robert ne buvait plus.

— Ben non, ben non… J'vais me dépêcher avant qu'a' parte… répondit Robert en brassant dans sa poche quelques pièces de monnaie.

— La Fourchette d'Or ! Est chanceuse, ta fille, de se faire sortir de même par son vieux père ! rétorqua Christian.

— Sa fille ? J'appelle plus ça une fille, moé ! C'est plus devenue une femme, à mon avis ! dit Steve, le plus jeune et le plus arrogant des cinq, sur un ton quasiment pervers.

Tout le monde se mit à rire autour de Robert, qui souriait légèrement derrière son ample moustache, mais qui au-dedans était sur le qui-vive, se méfiant toujours des propos tenus sur sa fille chérie. Il restait droit comme une barre de fer. Ses poings étaient fermés contre sa taille, les pouces solidement accrochés aux passants de son pantalon en denim, dans lesquels passait une ceinture de cuir couleur tabac que l'usure avait craquelée. Il savait que s'il montrait le moindre signe d'agacement, on le taquinerait davantage. Isabelle, qui allait aujourd'hui avoir dix-sept ans, faisait déjà tourner les têtes, bien que Robert n'osât pas encore se l'avouer. Elle restait toujours sa petite chérie, son unique bébé. Au milieu des rires, Christian prit la défense de son vieil ami :

— Arrêtez ça, ma bande de jaloux ! Tant que vous serez pas pères, vous saurez jamais c'est quoi que d'aimer sa fille. Pis toé, Steve, continue de te péter les boutons avant de pouvoir dire le mot « femme » !

Et les rires resurgirent de toutes parts, à l'endroit de Steve, qui ne pouvait dire mot, tellement la réplique était mordante. Il avait beau ne pas avoir la langue dans sa poche, il n'aurait pu faire le coq contre Christian, non pas parce qu'un énorme bouton à tête blanche luisait effectivement sur son front, mais plutôt parce que son patron possédait l'irréfutable répartie du bon buveur, talent qu'il avait cultivé pendant plus de vingt-cinq ans dans l'ambiance railleuse des tavernes. Steve n'avait qu'à sourire et, au mieux, prendre son trou. Robert, qui depuis longtemps n'appréciait plus ces viriles moqueries, interrompit la rigolade :

— Bon ben, j'y vas, moé… Bonne fin de semaine, les gars ! dit-il au groupe en le saluant promptement de la main.

— OK, Bob ! Bon souper !

Et tout le monde salua Robert, qui repartit la tête haute vers son camion. Son F-150 avait beau être un 93, il avait toujours de la gueule, surtout depuis que Robert avait refait la peinture en rouge l'été dernier. Il se dit qu'il pourrait le laver le lendemain, s'il faisait beau. Des cigales chantaient dans les hautes herbes dorées par le soleil tout autour du chantier de construction. L'air était pesant et chaud. En s'éloignant, il entendit Jean-François, l'autre jeune, se remettre sur le cas de Steve, profitant de la brèche que Christian avait créée. Et les gars s'esclaffèrent de nouveau.

Robert referma la portière du camion et un silence apaisant l'enveloppa. Il n'entendit plus les rires. Il était 16 h 05. Le soleil surplombait les hautes montagnes, derrière le lac Simon. Sous l'effet d'un vent léger, des reflets lumineux tremblaient sur l'eau. Dans le camion, c'était un vrai four. Robert évita de s'appuyer sur la garniture noire de l'intérieur de la portière, devenue brûlante. Il tourna la clé du camion, qui restait toujours dans le contact. Le moteur démarra en un puissant grondement. On sentait l'habitacle vibrer légèrement. Robert descendit la vitre en tournant la poignée. Les gars allaient chacun vers leurs camions, se lançant encore des blagues tandis qu'ils s'éloignaient, excités par l'idée d'aller boire à la taverne, déjà ivres, en quelque sorte. Robert essuya la sueur de son front avec son épaule. Il embraya et appuya délicatement sur l'accélérateur. Le camion disparut lentement du chantier, au son du gravier qui s'écrasait sous les pneus du lourd véhicule, faisant lever derrière lui un faible nuage de poussière de sable.

Robert enfonça la cassette de CCR dans le lecteur. Cette musique lui rappelait toujours Isabelle et leurs nombreuses balades en camion. C'était la même qu'il écoutait trente ans plus tôt quand il était jeune. Elle l'avait un jour retrouvée en fouillant dans les tiroirs du bureau de Robert. Il était rentré du travail et l'avait surprise en train de danser seule, sur *Mustang Sally,* dans le salon; elle n'avait que sept ans. Il avait pu la regarder une minute avant qu'elle ne le remarque. Elle s'était retournée, gênée mais souriante, en criant: « Papa! T'as pas le droit de m'espionner! » juste avant de courir vers lui et de le prendre par la taille en riant. Ils avaient ensuite fait un long tour en camion, faisant jouer la vieille cassette à tue-tête sur les routes sinueuses et boisées. Ils étaient revenus en retard pour le souper. Un pâté chinois fumait au centre de la table; Ginette venait de le sortir du four.

Robert approchait du village. Il avait roulé plus vite que d'habitude, voulant être sûr de faire une surprise à sa petite chérie. Cela faisait déjà près d'un mois qu'il travaillait de l'autre côté du lac Simon, à quinze minutes de chez lui et du village. Selon Christian, ils auraient fini ce luxueux chalet avant la fin de juillet. C'était le projet d'un jeune homme d'affaires et de sa jolie femme, qui désiraient avoir un endroit paisible où venir parfois les fins de semaine. Robert conduisait à une main; son bras gauche sortait du véhicule et s'appuyait sur le métal de la portière maintenant refroidi par le vent. Ce vent doux entrait dans le camion, laissant une fraîche odeur de verdure et d'été. Isabelle terminait habituellement son quart de travail vers 16 h 30, quand la salle à manger était montée et prête à accueillir les clients du souper. Le vieux restaurant Daisy, le seul qui survivait convenablement au village, était situé près de la sortie de la route 117. Il arrêta le moteur du camion en diagonale du restaurant, face au dépanneur. Il était 16 h 17.

Quelques voitures passaient lentement dans la rue principale. À cette époque, le village n'avait pas encore été trop envahi par le tourisme. Les gens croyaient toutefois que le va-et-vient causé par l'expansion du mont Tremblant déborderait et amènerait inévitablement son lot de villégiateurs dans le patelin. Robert ne voyait pas d'un bon œil ces projections économiques, contrairement à un bon nombre de « politicailleurs » locaux. Il aurait préféré conserver la tranquillité de son village natal, loin des touristes, de leur rythme de vie souvent rapide et de leurs airs supérieurs. Il avait entendu dire qu'au village de Mont-Tremblant les riches propriétaires habitant autour du lac en avaient bloqué l'accès aux villageois. Leur propre lac ! Robert et son vieil oncle, Ti-Bi, fulminaient lorsqu'ils avaient entendu cette histoire en déjeunant au Daisy, deux semaines plus tôt : « Qu'y en ait un crisse qui me bloque l'accès à mon lac, pis m'en vas y fourrer du plomb dans le cul ! J'te le dis, Bob, m'as sortir mon 30-30… » avait-il dit, en haussant le ton, après avoir enfilé d'un trait son once matinale de ti-blanc.

Robert souriait en repensant à la tirade de Ti-Bi, lorsqu'une Porsche décapotable noire se gara de l'autre côté de la rue, face au restaurant, à environ cinquante pieds de là où Robert était parqué. Il était rare de voir une voiture aussi flamboyante dans les environs. Un jeune homme conduisait le bolide. Il paraissait être au début de la vingtaine. Il était petit mais costaud. Des verres fumés retenaient ses longs cheveux châtains, qui ondoyaient gracieusement au vent, semblant même blonds par moments, quand le soleil s'y noyait. Il traversa la rue et passa devant le camion de Robert, en direction du dépanneur. Avec ses yeux bleus, sa carrure athlétique et son teint basané, il devait sûrement plaire aux jeunes filles, se disait Robert, qui réprouvait le fait que la voiture devait toutefois appartenir à un quelconque riche « papa ». C'était ce genre de type qu'il n'aimait pas trop voir envahir son village ; le genre de gars, se disait-il, qui se croit tout permis, qui avait eu tout cuit dans le bec ! Il se rappela ce couple d'anglophones qu'il avait croisés au marché la semaine dernière et qui tâtaient les pêches en échangeant des moues de dédain. Ils en avaient sûrement, de sacrés beaux fruits, dans les petits marchés de Westmount ! Robert se racla le fond de la gorge et cracha sur le trottoir. Il était maintenant 16 h 30. Il jeta un coup d'œil vers le restaurant. Suzanne, l'autre serveuse de jour, sortit du restaurant et descendit les marches recouvertes de tapis vert en faux gazon. Isabelle devait donc sortir bientôt.

Le jeune ressortit du dépanneur en déballant un paquet de cigarettes. Il jeta l'emballage vers la poubelle, mais le vent fit tomber le déchet sur le sol, pour le souffler ensuite sur le trottoir, vers le camion de Robert, pendant que le jeune homme allumait sa cigarette en couvrant la flamme de son briquet avec la main. Robert fut vexé de voir que ce fils à papa polluait son village, mais à sa grande surprise, ce dernier, remarquant que son papier s'éloignait, bondit pour le retenir, du bout de sa sandale, avant qu'il ne glisse sous le camion de Robert. Il se pencha pour ramasser le papier. En se relevant, ses yeux croisèrent ceux de Robert, qui le fixaient d'un air sévère. L'autre abaissa légèrement la tête avec un sourire timide en coin, la cigarette pendante au bout des lèvres. Robert lui rendit la politesse, de la tête, le visage impassible. Le jeune homme jeta ensuite son papier dans la poubelle, puis retraversa la rue vers son bolide pour aller se caler dans le luxueux siège en cuir rouge vin. Robert le fixait toujours, scrutant ses moindres gestes avec beaucoup de méfiance, mais aussi avec une obscure fascination, comme s'il s'agissait là d'un spécimen exotique. Le jeune homme tourna la clé de contact et regarda en direction du restaurant, puis autour, fier du son pur que le moteur allemand émettait. Après avoir augmenté le volume de la musique, il se balança la tête pendant quelques secondes, de l'avant vers l'arrière, au rythme des basses graves du Dr. Dre. Il scruta ensuite son visage dans le rétroviseur et passa son pouce sur le coin de sa bouche, comme pour y déloger un bout de peau morte, puis il prit une grande bouffée de cigarette et regarda de nouveau vers le restaurant en expirant la fumée. Lorsqu'il le vit renifler discrètement ses aisselles à travers sa chemise en fine soie blanche, Robert sourit, satisfait, comme s'il lui avait découvert une faiblesse ; il continua à rouler le coin de sa généreuse moustache entre son pouce et son index.

Soudainement, le jeune homme écrasa dans le cendrier sa cigarette à moitié fumée et descendit de sa voiture. Au même moment, Isabelle sortit du restaurant. Robert mit la main sur la clé du camion, sans toutefois la tourner, un peu confus à cause de ce qu'il voyait et de ce que cela augurait.

Elle n'était pas en vêtements de travail. Sa jupe blanche laissait voir le bronzage parfait de ses cuisses élancées. Elle portait une camisole rouge, assez moulante pour que Robert, du camion, remarque son ventre jeune et ferme, qui donnait du relief à sa poitrine et à ses hanches. Elle descendait élégamment les marches, dans ses sandales à talons en cuir luisant, en souriant au jeune homme. Robert était stupéfait. Il avait gardé sa main sur la clé de contact, ébahi par ce spectacle ; jamais il n'avait vu sa fille aussi attirante. La blancheur de ses dents était intensifiée par son teint d'été ; Robert crut qu'elle s'était peut-être même légèrement maquillée. Ses joues semblaient plus rosées que d'habitude et un éclat séducteur brillait dans ses grands yeux bleus. Ses cheveux blonds, qu'elle détachait rarement, descendaient librement jusqu'à ses épaules. Le vent fit glisser une mèche devant son visage, qu'elle replaça délicatement, en riant, avec la même expression coquette que Ginette avait autrefois. Robert ne bougeait toujours pas, figé par la vue de cette scène. Il ne savait pas s'il devait klaxonner ou laisser partir Isabelle. Il était gêné. Il eut l'impression que sa présence embarrasserait sa fille, qui se dirigeait vers la Porsche. Le jeune homme l'attendait du côté du passager; il avait galamment ouvert la portière pour elle, affichant un sourire charmeur et un regard charmé. Isabelle prit place dans le luxueux véhicule, visiblement fière de l'effet qu'elle produisait sur son cavalier. Dans l'habitacle du F-150, une odeur de sueur se manifesta à Robert avec une intensité soudaine; il trouva sa tenue dérisoire, eut honte de ne pas s'être douché et changé pour accueillir sa petite chérie. Et pendant qu'il se demandait encore s'il devait signaler sa présence, la Porsche était en mouvement et passait devant le F-150. Isabelle riait, la main posée sur l'avant-bras du jeune homme. Elle ne remarqua pas le camion de son père. Robert les regarda partir, gardant pendant quelques secondes la vive image de sa fille qui riait, les cheveux dans le vent. De l'autre côté de la rue, deux gamins regardaient avec émerveillement le bolide s'éloigner dans la rue principale; ils avaient un pied sur leur pédalier, l'autre sur le sol, le dos et le cou tordus, tournés vers l'horizon, vers la route 117, où la Porsche disparut en rugissant.

Robert resta assis dans son camion quelques minutes, incrédule et fatigué. La chaleur commençait à lui peser. Une lourdeur dans son ventre lui fit croire qu'il avait peut-être faim. Il serra les dents à l'idée que sa fille ne l'avait pas remarqué. Il tenta de se convaincre qu'il n'y avait pas de quoi lui en vouloir. Après tout, il n'avait qu'à l'avertir au lieu de lui faire une surprise. Mais tout de même, au fond de lui, il ne pouvait nier la douleur du coup. Il sentait une boule se resserrer sur elle-même, comme si on étouffait son orgueil de père. Robert baissa la fenêtre du côté du passager pour aérer le camion. Il décida de rentrer à la maison. Sur le chemin du retour, la musique de CCR commença à l'agacer. Il éjecta la cassette et la lança sur la banquette arrière.

Il n'y avait personne chez Robert. Une simple note sur le banc à l'entrée : « Isabelle ne viendra pas manger. Je suis chez Nicole. Je reviens vers 20 heures. Il y a du pâté chinois dans le frigo. Ginette. » Robert leva la tête vers le salon. La pièce était silencieuse et ensoleillée. Les rayons qui traversaient la vitre de la porte-fenêtre se reflétaient sur le vernis du plancher en érable. Des poussières flottaient dans la lumière. Il resta assis sur le petit banc en pin pendant quelques secondes en fixant ses bottes de travail, qu'il venait d'enlever. Il se leva péniblement, se sentant courbaturé, et alla dans la cuisine.

Il se remplit un verre d'eau de la distributrice. Des sons creux de glouglou s'échappaient du gros bidon renversé. Il cala son verre, assoiffé. Il posa le verre vide sur le comptoir et s'y appuya de ses deux mains. Il regardait vaguement dehors, à travers les stores horizontaux au-dessus de l'évier, dont l'ombre des lattes lui striait le visage. La rue était déserte. Chez le voisin d'en face, Buck, un vieux golden retriever roux croupissait dans l'ombre d'une imposante épinette blanche, accablé par la chaleur et l'humidité. Le ventre de Robert gargouilla de nouveau. Il lui semblait que tous ses muscles abdominaux étaient douloureusement contractés. Ses épaules étaient meurtries, comme s'il avait levé des charges toute la journée. Il pensa à son corps qui vieillissait, lui qui l'été dernier faisait encore des semaines de soixante heures. Il ouvrit la porte du frigo. Une assiette de pâté chinois s'asphyxiait sous une pellicule de plastique. Il referma la porte.

Robert enleva ses bas humides, déboutonna sa chemise

et vida ses poches. Il mit son trousseau de clés sur la table de chevet, à côté du lit double, sur lequel il s'assit en soupirant. Il avait gardé son jeton des AA dans la main. Il le tournait et le retournait, fixant ce chiffre qui signifiait tant : dix ans. Il tourna la tête et s'observa dans le miroir de la porte du garde-robe. Il trouva qu'il paraissait vieux, incroyablement vieux. Ses rides lui semblaient plus apparentes que jamais et il remarqua qu'il y avait vraiment plus de sel que de poivre dans sa chevelure dégarnie. Il regarda encore son jeton. Il pensa à Isabelle, sa petite chérie, à la façon dont elle avait marché vers le jeune homme, à l'éclat indescriptible qui brillait dans ses yeux. Robert inspira profondément et tenta d'expirer cette masse obscure qui se serrait dans son ventre et qui montait lentement vers sa poitrine. Son soupir fut saccadé, incomplet. Il remuait nerveusement les pieds, qui frottaient contre le poil rêche du tapis brun. Ses orteils nus se tortillaient entre eux, le gros orteil luttant contre son voisin, dont les prises se soldaient par de petits claquements. Son regard errait d'impatience de son jeton dans ses mains au miroir, du miroir au mur blanc, du mur à ses bas blancs terreux, des bas au réveille-matin… Les chiffres rouges de celui-ci affichaient 16:53. Ginette allait sans doute revenir vers 21 heures et Isabelle… Reviendrait-elle ce soir ? se demanda-t-il. Sa respiration s'était accélérée. Tous ses membres étaient en proie à une désagréable fébrilité, comme si d'imperceptibles décharges électriques se répandaient sous sa peau. Robert serra le poing autour de son jeton. Ses veines bleues saillaient violemment sur son avant-bras. La chair de poule naquit dans ses lombes, en un frisson, et monta rapidement vers son cou, se propageant aux extrémités, hérissant les poils de son poignet tendu. Il entendait la voix nasillarde de Steve, qui disait que sa fille était devenue une femme, puis tous les rires des gars. Les gars qui étaient à la taverne… Il avala difficilement sa salive, les yeux fermés. Quand il ouvrit les yeux, il décida d'appeler Gilles, son « parrain » dans les AA, qui l'avait pris sous son aile à ses débuts dans le mouvement.

Personne ne répondait chez Gilles. En raccrochant le téléphone, Robert remarqua qu'il s'était un peu calmé. Le fait d'avoir voulu appeler quelqu'un pour discuter l'avait apaisé. Il se demanda si le « meeting » d'Ivry-sur-le-Lac avait toujours lieu le vendredi, lui qui n'assistait plus à ces réunions depuis bien des années. Robert se dénuda dans la salle de bains et prit une douche, se disant qu'il rappellerait Gilles ensuite. Au pire, la ligne téléphonique des AA l'informerait sur l'heure et l'endroit d'une réunion du mouvement ce soir. Tout irait bien, sentait-il en étirant le cou sous le puissant jet d'eau chaude. Son corps se détendait enfin.

Quand Robert tira le rideau de douche, il sentit un léger vent l'effleurer ; on avait laissé la fenêtre de la salle de bains ouverte. Les gouttes d'eau tiède qui ruisselaient sur sa peau, au contact de l'air frais, le faisaient frissonner. Il ramassa rapidement ses vêtements, qui traînaient sur le tapis à longs poils rouges au pied de la baignoire, et se dépêcha vers le panier à linge sale, laissant sur les carreaux de céramique blanche des empreintes de pieds mouillés. En jetant son linge, il remarqua qu'un string en dentelle noire pendait sur le bord du panier. Ginette ne possédait aucune lingerie ou, du moins, rien d'aussi mince… Robert, nu et immobile, fixa le string en dentelle de sa fille. Des gouttes d'eau quittaient sa peau irrégulièrement et tombaient sur la céramique, à ses pieds. Dans la cuisine, la distributrice d'eau glouglouta en libérant une grosse bulle d'air.

Jour de chance

Miss Fox 2004 avait décidément de fabuleux nichons, pensa Ronnie. C'était sans aucun doute la femme la plus excitante des magazines de ce mois-ci, peut-être même de l'année tout entière. Il remit la revue sur son étalage, derrière les autres revues, car un client approchait dans le stationnement du magasin, sous la lumière du lampadaire. Ronnie reconnut la silhouette de Mme Boissy, malgré la bruine automnale qui brouillait les formes assombries par la nuit. Il recentra son érection à travers son pantalon de travail beige, sous son énorme bedaine, de sorte qu'elle n'était plus apparente quand Mme Boissy entra dans le dépanneur. Un son de cloche électronique résonna dans le magasin lorsque la porte s'ouvrit.

— Bonsoir, madame Boissy ! Êtes-vous enfin millionnaire ?

— Ben non, ben non… répondit-elle comme d'habitude.

Elle se dirigea vers le frigidaire à bière pendant que Ronnie prenait place derrière son comptoir tout en grattant sa barbe négligée et son ample moustache. Il jeta un coup d'œil aux aiguilles noires de l'horloge au-dessus de la porte. Il était 21 h 50. Son quart de travail se terminait à 23 heures. Dans une heure et demie, il serait enfin chez lui. Lorsqu'il regarda la nuit à travers la grande vitrine, il remarqua que des taches de doigts gras étaient imprimées sur ses lunettes. Il les retira et expira sur ses lentilles en un son craché. Il frotta le verre embué avec l'ourlet de son chandail qu'il sortit de son pantalon. Tout en frottant, il zieutait distraitement le stationnement. Il voyait tout embrouillé.

— J'vais prendre deux Poker, cinq Bingo pis dix 6/49 avec Extra… Pis enwèye donc un p'tit Gagnant à vie avec ça, hein, mon grand ?

— Oui oui, j'étais dans la lune… J'vous donne ça tout de suite, madame Boissy !

Il remit ses lunettes sur son gros nez rond et passa les articles devant le lecteur optique, sous le regard suspicieux de Mme Boissy. Du lait, du pain et une grosse quille de Labatt 50. Madame Boissy lui tendit alors deux gratteux sans dire un mot ni lever la tête. Ronnie les inséra dans la valideuse bleue de Loto-Québec. Le son du billet gagnant retentit deux fois dans le magasin. Deux dollars chacun. Il fit ensuite imprimer un long billet de 6/49 et sortit les autres billets de loterie du présentoir sous le comptoir vitré, où ils étaient impeccablement exposés. Madame Boissy mit les billets dans son sac à main en faux cuir rouge. Elle devait avoir soixante-dix ans, estimait Ronnie, qui avait jugé de son âge à partir des profondes rides qui creusaient son visage maigre autour de la bouche et des yeux. Sa peau tombait mollement sous sa mâchoire, et sous ses coudes, lorsque ceux-ci étaient apparents l'été. Ce soir-là, elle était pauvrement vêtue d'un vieux veston en laine brune et d'un pantalon de jogging gris chiné. Elle portait des bottes de pluie presque en tout temps, même lorsqu'il ne pleuvait pas. Sa chevelure grise et abîmée restait figée sur son petit crâne, dont plusieurs brins rebelles s'élevaient avec raideur dans les airs. Ronnie mit tous les articles dans un sac en plastique avec une impressionnante rapidité.

— Ça va faire 34,54 $, s'il vous plaît.

— T'as soustrait mes billets gagnants, là ? Parce que

l'autre fois ton boss avait oublié... Y dit qu'y a pas fait exprès, mais...

— Oui, madame Boissy, j'ai soustrait les billets, s'empressa de dire Ronnie sur un ton toutefois très calme.

— Maudit que c'est cher ! fit-elle en prenant son sac et en affichant une légère moue.

Il la regarda partir, pensant qu'elle n'avait pas l'air encore saoule, ce qui signifiait qu'elle allait probablement revenir acheter de la bière avant la fermeture. Malgré qu'elle fût plutôt embêtante, Ronnie aimait bien cette vieille dame, qu'il servait depuis maintenant onze ans et pour qui il avait une certaine pitié. Elle dépensait au moins cent dollars en loteries diverses chaque semaine et se saoulait pratiquement chaque soir de la fin de semaine. Il ne connaissait d'elle que ces deux habitudes, et pourtant il lui semblait la connaître intimement, à force de la voir chaque jour. C'était une des rares personnes qui le reconnaissaient et le saluaient au dépanneur, avec le vieux Marquette, qui venait souvent prendre un café après avoir soupé, et Mme Spencer, qui ne manquait jamais de bonnes manières envers lui les rares fois qu'elle venait. Mis à part ces brefs échanges, les gens passaient, prenaient leurs articles, payaient, puis s'en allaient, souvent sans même répondre aux salutations toujours sincères de Ronnie, qui se faisait d'ailleurs une fierté d'être le plus poli des commis du Dépanneur Soleil, bien qu'ils ne fussent que trois, même en comptant le patron, Robert Joli. Elle allait donc sans doute revenir, se dit Ronnie en regardant Mme Boissy disparaître dans l'obscurité avec son sac en plastique. Il quitta son poste et se dirigea à son tour vers le frigidaire à bière. Avant d'ouvrir la porte métallique, il regarda derrière lui pour voir si personne n'arrivait dans le stationnement.

Ronnie aimait la fraîcheur de cette pièce. Il trouvait

vivifiant d'en respirer la froideur artificielle. Cela lui faisait changer d'air. Il s'y sentait soudainement ailleurs, déraciné, oubliant presque qu'il était au travail. Il y venait même s'asseoir certaines soirées humides d'été, lorsque la chaleur était insoutenable derrière le comptoir. Il craignait le jour où M. Joli allait enfin y faire poser des caméras de surveillance, comme dans la plupart des autres dépanneurs. Mais M. Joli était plutôt nonchalant et Ronnie n'allait certainement pas s'en plaindre. Il se dirigea au fond de la pièce, prit une canette de Molson Export et l'ouvrit. Un filet de mousse s'en échappa, et il porta immédiatement la canette à sa bouche pour saper la broue avant qu'une seule goutte n'en tombe. Il reprit son souffle, puis cala le reste en quelques gorgées. Il se baissa légèrement afin de voir, à travers les portes vitrées du réfrigérateur, si quelqu'un arrivait. Personne en vue. Il rota bruyamment. Il replaça les caisses de bière qui avaient été déplacées par les clients durant la journée et s'assura qu'aucun produit ne manquait dans la pièce et derrière les portes vitrées. Il sortit ensuite de la pièce réfrigérée et feignit d'examiner les étalages, pour ensuite guetter de nouveau le stationnement. Il retourna dans la pièce froide. Il mit la canette vide dans sa poche gauche et en mit une pleine dans celle de droite avant de disparaître dans l'entrepôt en faisant claquer les portes battantes. Près du grand évier en acier inoxydable, il ouvrit sa canette de bière et la cala aussi rapidement que la première. Puis il jeta les deux canettes dans le grand sac de canettes consignées, en rotant par le nez, la bouche fermée ; une odeur réconfortante d'alcool et de digestion lui remplit les fosses nasales et sortit par ses narines. Il tourna le robinet d'eau chaude et la laissa couler.

Quand l'eau chaude commença à fumer, il mit le gros seau à vadrouille dans l'évier. Une odeur chimique se répandit dans l'air lorsque l'eau se mélangeait, en un bruit sourd, au javellisant et au produit nettoyant à plancher. Accoté d'une main sur le rebord de l'évier, Ronnie regardait vaguement les boîtes de croustilles empilées près de la sortie de secours, en se disant qu'il allait sûrement encore rencontrer quelqu'un d'intéressant sur Internet ce soir. Depuis quelques semaines, il fréquentait des *cyberparty* où des gens, chacun connecté dans son chez-soi, se rencontraient virtuellement et faisaient la fête. Ronnie y rencontrait plein de femmes intéressantes, bien assis sur sa chaise, tout en buvant de la bière. Au début, il trouvait un peu étranges ces entretiens, dans lesquels des fêtards écrivaient : « Calons ! » ou bien « Tiens, prends une *puff* ». Il avait douté de l'honnêteté des gens, mais il avait ensuite appris à leur faire confiance, se disant que si lui buvait de son côté, il devait bien y en avoir d'autres qui buvaient et fumaient du leur. Après tout, le *cybersexe* existait... Une femme l'avait d'ailleurs une fois invité à clavarder en privé, lui disant qu'elle avait une folle envie de le « sucer », mais Ronnie avait décliné l'offre et préféré se masturber seul en visionnant un clip porno de fellation. Quand on le lui demandait, il mentait sur sa profession, prétendant qu'il était musicien. Cela, pensait-il lorsqu'il réfléchissait à la moralité de ses comportements, devait aussi se faire dans la vraie vie ; les « vrais » gens devaient mentir sur leur profession, même dans les « vrais » bars. De toute façon, il se disait que les autres internautes devaient aussi mentir à ce sujet ; il n'était nullement naïf. Il jouait le jeu. Allait-il avouer qu'il était un commis de dépanneur ? Bien sûr que non. Ce n'est pas qu'il croyait être un paumé. Après tout, son ouvrage, il le faisait bien. Et son bac en mathématiques, bien qu'il ne lui servît à rien pour l'instant, était quelque chose de louable. Ronnie détestait toutefois penser à ce qu'il croyait, au fond, être sa vie ratée. Il aimait penser que les choses s'arrangeraient, mais l'avenir lui semblait toujours incertain.

Une odeur pestilentielle le fit sortir de ses pensées. Il venait de péter. Il ne put s'empêcher de sourire tant il empestait. Au secondaire, on le surnommait le « pubère puant ». En plus d'être obèse et boutonneux, ses cheveux étaient toujours gras, ses pieds puaient et il aimait faire rire ou dégoûter les autres en pétant et en rotant. Plutôt que de combattre une puberté ingrate par le savon et la bienséance, il avait évolué dans la direction opposée, se faisant une fierté d'être un porc. C'était là son bouclier contre la mauvaise estime qu'il avait de lui-même. N'eût été sa grande capacité à boire de la bière, qui lui avait permis d'être respecté des autres gars de l'école, il aurait été bien seul. Ceux-ci l'invitaient toujours dans leurs fêtes, au cours desquelles Ronnie, inévitablement, vomissait. Et bien que Ronnie y fût en général malheureux, il considérait cette époque comme ayant été plus palpitante que le présent ; il avait alors au moins quelques amis qui l'appelaient et qui riaient avec lui. Avant de fermer le robinet, il huma profondément son gaz, par automatisme. Il souleva le lourd seau d'eau rempli à ras bords et le déposa sur le plancher en céramique beige craquelée. Il accrocha le tordeur au seau puis y plongea la vieille vadrouille sale. En se servant du grand manche de la vadrouille comme gouvernail, il poussa son attirail sur roulettes vers le magasin. Il ouvrit les portes battantes en y roulant franchement le seau, ce qui laissa quelques flaques d'eau chaude savonneuse sur le plancher.

Des gouttes de sueur commençaient à perler sur le visage de Ronnie, qui avait la sueur facile. Avec le revers de sa manche, il s'essuya le front et les joues. Il roula son seau jusqu'au fond du dépanneur, devant le comptoir de produits laitiers, puis il sortit la lourde vadrouille trempée et la laissa tomber sur le plancher. Les lanières de coton mouillées de la vadrouille, au contact du plancher sec, produisirent un son de claque. Quelques gouttes éclaboussèrent la devanture du comptoir où les fromages, les œufs, les viandes et les jus étaient exposés. On pouvait voir d'autres taches de gouttes, là où l'eau de Javel avait décoloré la peinture bleu-gris au bas du comptoir, résultat de nombreuses années de nettoyage, de milliers de coups de vadrouille. Ronnie faisait aller le grand manche en bois ciré de droite à gauche, puis de gauche à droite, tout en reculant. Il retrempait ensuite la vadrouille dans l'eau chaude savonneuse et recommençait. On pouvait voir des vapeurs s'élever du plancher, surtout près des comptoirs réfrigérés. Il avait chaud. Deux ronds de sueur apparurent sous les aisselles de Ronnie, qui suait maintenant à grosses gouttes. Une fois que tout le plancher du dépanneur fut mouillé, il déposa la vadrouille dégoulinante dans le tordeur, puis il accota le manche sur le comptoir. Il ouvrit la porte d'entrée pour faire entrer l'air frais de l'automne. Il se servit du gros cendrier qui était dehors, près de la poubelle, pour tenir la porte ouverte. Il essuya sa sueur avec la manche de son chandail et regarda la rue, pratiquement déserte, comme d'habitude. Le ciel était noir. La sueur de Ronnie se refroidit et il rentra dans le magasin. Il se dirigea vers le frigidaire à bière et cala une autre bière, en se disant que son salaire de 9,50 $ l'heure excusait largement ses petits vols, qu'il avait appris à considérer comme anodins. Ronnie retourna ensuite à son seau. L'eau avait pris la teinte grise de la vadrouille, qui s'était souillée sur le plancher sale. Ce plancher de linoléum, à carreaux bruns et beiges, était par endroits si usé qu'il laissait voir le bois aggloméré du dessous, particulièrement là où les clients passaient souvent, comme devant le frigidaire à bière et la caisse à l'entrée. Il tordit la vadrouille et la repassa devant les produits laitiers, pour absorber toute cette eau qui travaillait chaudement sur le plancher. Le patron avait toujours apprécié le bon travail de Ronnie, particulièrement l'attention qu'il mettait à bien sécher le plancher. « L'important, c'est la phase du séchage », se lançaient-ils les premières années, quand Ronnie aimait encore son travail et qu'il faisait des doubles quarts de travail tout en étudiant à temps plein. Après avoir séché le plancher devant le comptoir, à l'entrée, il remit la vadrouille dans le tordeur. En tournant le manche de la vadrouille d'un rapide coup de poignet, il provoquait la contraction de toutes les lanières de coton, qui formaient une masse plus compacte, qu'il tordait alors pour en extraire l'eau sale. Et Ronnie savait tordre. En abaissant fermement le bras du tordeur avec tout son poids, la vadrouille se compressait et se vidait de son eau dans le grand seau. Il répéta l'opération consistant à tordre et à sécher jusqu'à ce que tout le plancher du dépanneur fût sec, puis il finit sa besogne en aboutissant devant le frigidaire à bière. Il regarda son ouvrage d'un œil vainqueur et fier. Le plancher luisait, redonnant du lustre aux couleurs vives des produits du dépanneur. Celles-ci, criardes et flamboyantes, donnaient en retour de la noblesse à ce plancher tantôt gris et taché, maintenant devenu propre, lisse et sobre. Il leva la tête en direction de l'horloge au-dessus de l'entrée. Il était 22 h 43. C'est précisément à cette heure qu'il aperçut la silhouette de Mme Boissy qui apparaissait dans le halo lumineux, sous le lampadaire. Elle traversa le stationnement, en marchant volontairement dans une flaque d'eau, sans doute pour justifier son choix de porter des bottes de pluie. Elle passa le cadre de la porte, qui était restée ouverte. Elle regarda derrière elle, sous l'horloge, surprise de n'avoir pas entendu le son de la petite cloche qui résonnait habituellement à chaque fois qu'elle entrait. Du fond de la pièce, devant le frigidaire à bière, Ronnie salua Mme Boissy de la main.

— Bonsoir, madame Boissy ! Hé… Y me semblait ben que vous alliez revenir !

— Oui, mon Ronnie ! T'avais raison !

— Une autre grosse quille, hein ? lança-t-il d'un ton complice.

— Ben, c'est là que t'as tort, mon beau Ronnie… J'm'en vas t'échanger ces p'tits gratteux-là, pis ça va être en masse ! répondit-elle.

Elle parlait plus clairement que d'habitude. Il sembla même à Ronnie qu'elle se tenait plus droite, la tête plus haute et les épaules moins courbées vers l'avant. Ronnie plongea sa vadrouille dans le seau d'eau sale et s'en alla au comptoir en regardant Mme Boissy curieusement. Elle souriait. Il ne l'avait jamais vue sourire. Il se demanda si elle avait gagné quelques centaines de dollars.

— Vous avez gagné gros, madame Boissy ?

— Pas tant que ça, mon beau Ronnie, pas tant que ça… dit-elle en riant faiblement, le regard obliquant vers la nuit derrière la vitrine.

Elle lui tendit trois billets. Ronnie les passa un à un dans la grosse valideuse bleue. La machine émit trois fois le son du billet gagnant. Trente dollars, deux dollars et un billet de Bingo gratuit.

— Ça fait 32 $ et un billet ! dit Ronnie en levant la tête vers Mme Boissy, qui souriait toujours. Vous êtes donc ben souriante à soir, vous… Avez-vous gagné le 6/49, coudonc ?

— C'est pas ça… J'viens d'apprendre que j'vais être grand-mère ! Mon plus vieux, Gilles, va avoir un bébé ! À cinquante-sept ans, j'vais être grand-mère ! dit-elle, presque en criant.

— Ah ben… Félicitations, madame Boissy… répondit Ronnie, gêné et surpris de la savoir plus jeune qu'il l'avait pensé.

Il lui tendit les trente-deux dollars qu'il avait sortis de la caisse. En prenant l'argent, Mme Boissy lui prit la main. Elle était chaude et douce.

— En tout cas, t'es un ben bon jeune homme, mon beau Ronnie. T'es ben poli pis t'es ben fin… dit-elle en le fixant sincèrement dans les yeux.

Ronnie ne savait plus quoi dire. Son visage rougit et il rit nerveusement.

— Pis tu vas faire quelqu'un de bien, ça se voit, ça, mon beau Ronnie, ça se voit… Ta mère doit être fière de toi ! renchérit-elle.

Ronnie souriait béatement, comme un enfant qu'on gâte. Il ôta sa main de celle de la vieille dame. Il sortit le billet de Bingo de sous le présentoir vitré et le déposa devant Mme Boissy, qui le regardait toujours dans les yeux.

— Voulez-vous d'autres billets, madame Boissy? demanda-t-il.

— Non merci, Ronnie… Attends-moi par exemple, j'vais acheter une belle grosse carte Hallmark que j'vais envoyer à ma bru, Nancy. Elle a trente-quatre ans. Est assez belle ! Mon grand Gilles est tellement amoureux d'elle ! Y sont tellement beaux à voir ! Attends-moi deux minutes…

Madame Boissy alla vers le présentoir de cartes de vœux Hallmark. Pendant qu'elle cherchait une carte pour la future maman, Ronnie regardait vers la rue, toujours déserte. Un chat sortit rapidement de sous les escaliers du logement d'en face et traversa la rue en courant, vers les conteneurs à déchets, sur le côté du dépanneur. Ronnie pensait à sa mère, qu'il n'avait ni vue ni appelée depuis Noël dernier. Il se rappela les dures paroles qu'elle lui avait dites

pendant le réveillon, devant ses deux frères et sa sœur : « Un beau grand jeune homme intelligent comme toi… J'en reviens pas que tu travailles encore dans ton maudit dépanneur ! T'as un bac, Ronnie, un bac ! T'aurais pu devenir n'importe qui ! Ce que tu voulais ! Ton père serait tellement triste de te voir pourrir là ! » Ces mots résonnaient si fort dans son esprit que ses lèvres se mirent à trembler et ses paupières, à vibrer. Ses yeux se mouillèrent légèrement. Un taxi entra dans le stationnement ; la vieille Oldsmobile tournait pour reprendre la rue dans l'autre direction. Ronnie respira profondément en regardant s'éloigner le véhicule, puis il essuya ses yeux humides avec ses doigts, avant de tourner la tête vers Mme Boissy, qui revenait en souriant avec une carte dans la main. Elle remarqua que les yeux de Ronnie étaient rougis, mais elle fit semblant de ne rien voir.

— Je pense que Nancy va aimer cette carte-là, dit-elle en la présentant ouverte à Ronnie.

Il y était écrit : « Une nouvelle vie arrive dans votre bonheur. Félicitations. » Ronnie ferma la carte. Au verso, il y avait une photo d'un érable qui bourgeonnait sur un fond de ciel bleu. Il retourna la carte pour trouver le prix.

— C'est une belle carte… Je pense bien qu'elle va apprécier, lui répondit-il sans oser la regarder dans les yeux, par orgueil, parce qu'il avait presque pleuré.

Il passa le code barres de la carte sous le lecteur optique et appuya sur une touche de la caisse. Madame Boissy ne souriait plus ; elle regardait la rue déserte et semblait songeuse. Son regard n'était plus celui de la vieille dame triste et rabougrie qui était venue plus tôt. Il y avait une sagesse réconfortante dans son visage ; ses yeux semblaient porter plus loin qu'avant, comme s'ils voyaient quelque chose d'intangible dans la nuit qui flottait en silence, entre les lumières de la ville.

— Est-ce que tu crois en Dieu, mon beau Ronnie? demanda-t-elle d'une voix très douce.

— Non, madame Boissy, j'y pense pas vraiment. Pis j'pense pas qu'y pense à moi non plus… répondit-il, pendant qu'elle regardait toujours dehors. Ça va faire 3,44 $, s'il vous plaît, madame Boissy, continua-t-il, la voix devenue légèrement tremblante.

Elle lui remit un billet de dix dollars. Pendant que la facture s'imprimait bruyamment, la main de Ronnie attendait le petit bout de papier au-dessus de la caisse. Il regardait dehors lui aussi, vaguement, en serrant les dents et en plissant les yeux. Il avala difficilement sa salive, puis il remit la facture et la monnaie à Mme Boissy.

— Et voilà. Encore une fois, félicitations, madame Boissy…

Elle se tourna vers lui en tendant la main pour prendre sa monnaie. Il eut peur qu'elle lui reprenne la main, mais elle n'en fit rien. Elle le regarda avec compassion, au plus creux du regard, comme rarement Ronnie avait été regardé.

— T'sé, mon beau Ronnie, le bon Dieu y pense à toi tout le temps, même si toi tu l'oublies des fois… dit-elle en mettant la monnaie dans son sac rouge. Bonne soirée, mon grand… Pis fais attention à toi, là !

Elle releva le col de son veston en laine et sortit, pendant que Ronnie la regardait, ne sachant trop quoi dire, avec un sourire discret qui disait toutefois merci. Elle traversa de nouveau en plein milieu de la flaque d'eau. Ronnie remarqua alors qu'elle avait oublié son billet de Bingo. Il se dépêcha jusqu'à la porte, qui était toujours retenue par le gros cendrier.

— Madame Boissy ! Vous avez oublié votre billet ! cria-t-il en secouant le billet dans les airs.

Elle se retourna. Elle était dans la lumière du lampadaire. Il distinguait à peine son visage ombragé par ses cheveux raides.

— Garde-le ! Tu m'achèteras une auto si jamais tu gagnes ! répondit-elle en riant avant de lui tourner le dos et de continuer sa route.

Ronnie resta sur le perron du dépanneur, en bordure du stationnement, jusqu'à ce qu'elle traverse la rue et tourne le coin d'un vieil immeuble en briques. Il n'en revenait pas. Elle lui avait laissé son billet, elle qui ne vivait que de cela habituellement ! Il remit le gros cendrier près de la poubelle, ferma la porte et la verrouilla. Il éteignit les lumières de l'enseigne extérieure du Dépanneur Soleil. L'horloge indiquait 23 h 03. Il alla tout de suite valider le billet de Bingo dans la machine de Loto-Québec, poussé par un étrange pressentiment. Pendant un instant, il crut qu'il allait gagner, mais il n'en fut rien. Il resta debout derrière le comptoir pendant une minute, le billet à la main. Des frissons lui parcouraient le dos. Il pensait à Mme Boissy, à son sourire et à ses paroles sur Dieu. Il retourna à son seau d'eau. L'eau sale opaque et tiède stagnait ; des amas de poussières y flottaient. Il roula le seau jusqu'à l'entrepôt, tordit la vadrouille, puis vida toute l'eau dans l'évier. Il nettoya ensuite le fond du seau et de l'évier avec de l'eau froide, avant de tout ranger. Au moment de partir, il décida d'aller payer les trois canettes de bière qu'il avait bues ; un étrange sentiment de culpabilité s'était formé depuis que Mme Boissy était partie. Heureusement, cette décision lui rappela qu'il avait oublié la troisième canette vide dans le frigidaire. Quelle chance, pensa-t-il, en imaginant M. Joli qui aurait trouvé la canette vide le lendemain matin. Il se débarrassa de cette preuve dans le sac à canettes. Il activa ensuite le système d'alarme, puis il sortit rapidement par la sortie de secours de l'entrepôt. En sortant, il vit le chat noir qui fouillait dans le conteneur à déchets déguerpir dans la haie de cèdres, derrière le dépanneur.

La bru[illegible] avait cessé depuis un bon moment et s'était transform[illegible] de neige fondante. Ronnie habitait à [illegible] minuscule un [illegible]nna d'avoir o[illegible] frissons lui [illegible]ssy. Il souriait [illegible]arche, les mai[illegible]regrettant de[illegible]rtait de sa bou[illegible]montant les es[illegible]llement envie[illegible] ridicule d'y a[illegible]ême, nu avec[illegible]n train de boi[illegible]s écartées, lui fit serrer les de[illegible]

Rendu devant sa porte, il entend[illegible]vision, qu'il avait oubliée d'éteindre; on annonçait les numéros gagnants de la loterie. Lorsqu'il ouvrit la porte, celle-ci se coinça dans le tapis d'entrée qui était replié sur lui-même, près des souliers qui traînaient et de son manteau sur le sol. Une odeur de renfermé poussa Ronnie à ouvrir une fenêtre. Il éteignit la télévision : « Tabarnak de soue à cochons ! Ostie de gros porc sale ! » cria-t-il en frappant du pied une espadrille près de l'ordinateur. Il s'assit sur la chaise devant l'écran et regarda son fouillis. Des verres à moitié pleins amassaient la poussière sur la table basse, près d'une boîte à pizza vide et ouverte ; des piments et des champignons tranchés y pourrissaient. Du linge sale traînait un peu partout. Il soupira et alluma l'ordinateur. Il alla vérifier s'il avait reçu des courriels. Aucun. Il leva à nouveau la tête vers le fouillis du salon. Un vent froid entrait par la fenêtre, où Ronnie avait le regard fixé, la bouche ouverte et les yeux ronds. Un frisson lui parcourut le dos. Il alla fermer la fenêtre et revint s'asseoir. Il se mit à naviguer sur le site Internet de l'UQAM. Il lut, pendant une heure, les informations sur plusieurs programmes d'études. La date limite d'inscription pour la session d'hiver, le 1er novembre, était la semaine dernière. Il ajouta tout de même le site Internet de l'UQAM à sa liste de favoris, puis il éteignit l'ordinateur. Il bâilla lourdement et prit une serviette propre dans le petit placard.

Il resta longtemps sous la douche, prenant bien soin de passer sa barbe sous l'eau chaude après s'être rincé les cheveux. Il frotta la buée qui s'était formée sur le miroir de la pharmacie avec sa main. Il s'enduisit d'une épaisse couche de crème à raser et se servit d'une lame neuve pour se faire la barbe. Il se rasait méticuleusement, secouant le rasoir dans l'eau chaude du lavabo pour en déloger les poils coupés ; il essuyait sa lame sur sa longue serviette bleue qu'il avait enroulée autour de sa grosse taille. Il en profita pour égaliser sa moustache. Il essuya les restes de crème à raser de ses joues et de son cou avec une débarbouillette propre, qu'il passa ensuite sur le robinet et le lavabo pour les nettoyer, avant de la poser sur la bordure du panier à linge sale. La buée avait complètement disparu du miroir de la pharmacie, qu'il ouvrit pour prendre sa lotion après-rasage. Une forte odeur de musc remplit l'air encore humide de la salle de bains. Ronnie se regarda quelques secondes dans le miroir. Sa moustache tombait également de chaque côté de ses lèvres épaisses. Exceptionnellement, son torse et ses épaules velues ne l'attristaient pas. Il suivit du regard l'épaisse ligne de poils qui partait de la toison entre ses seins pendants, jusque sur son ventre flasque. Il prit son peigne et fit une ligne de séparation dans sa longue chevelure noire mouillée. Il sentait bon et ses grosses joues rougissaient, entre ses favoris symétriquement taillés et son grand sourire sincère.

Table des matières

EXTRAIT DU CATALOGUE

Margaret Atwood
Cibles mouvantes

Michel Biron, François Dumont
et Élisabeth Nardout-Lafarge
Histoire de la littérature québécoise

Nadine Bismuth
Les gens fidèles ne font pas les nouvelles
Scrapbook

Lise Bissonnette
Choses crues
Marie suivait l'été
Quittes et Doubles
Un lieu approprié

Neil Bissoondath
À l'aube de lendemains précaires
Arracher les montagnes
La Clameur des ténèbres
Tous ces mondes en elle
Un baume pour le cœur

Marie-Claire Blais
Augustino et le chœur de la destruction
Dans la foudre et la lumière
Naissance de Rebecca à l'ère des tourments
Noces à midi au-dessus de l'abîme
Soifs
Une saison dans la vie d'Emmanuel

Elena Botchorichvili
Faïna
Șovki
Le Tiroir au papillon

Gérard Bouchard
Mistouk
Pikauba

Jacques Brault
Agonie

Chrystine Brouillet
Rouge secret
Zone grise

Katerine Caron
Vous devez être heureuse

Jean-François Chassay
L'Angle mort
Laisse
Les Taches solaires

Ying Chen
Immobile
Le Champ dans la mer
Le Mangeur
Querelle d'un squelette avec son double
Un enfant à ma porte

Ook Chung
Contes butô
L'Expérience interdite

Gil Courtemanche
Un dimanche à la piscine à Kigali
Une belle mort

France Daigle
Petites difficultés d'existence
Un fin passage

Edwidge Danticat
Le Briseur de rosée

Louise Desjardins
Cœurs braisés
Le Fils du Che
So long

Germaine Dionne
Le Fils de Jimi
Tequila bang bang

Fred Dompierre
Presque 39 ans, bientôt 100

David Dorais et Marie-Ève Mathieu
Plus loin

Christiane Duchesne
L'Homme des silences
L'Île au piano

Irina Egli
Terre salée

Michel Faber
La Rose pourpre et le Lys

Jacques Folch-Ribas
Les Pélicans de Géorgie

Christiane Frenette
Après la nuit rouge
Celle qui marche sur du verre
La Nuit entière
La Terre ferme

Simon Girard
Dawson Kid

Anne-Rose Gorroz
L'Homme ligoté

Scott Griffin
L'Afrique bat dans mon cœur

Louis Hamelin
Le Joueur de flûte
Sauvages
Le Soleil des gouffres
Le Voyage en pot

Bruno Hébert
Alice court avec René
C'est pas moi, je le jure !

Suzanne Jacob
Les Aventures de Pomme Douly
Fugueuses
Histoires de s'entendre
Parlez-moi d'amour
Wells

Emmanuel Kattan
Nous seuls

Marie Laberge
Adélaïde
Annabelle
La Cérémonie des anges
Florent
Gabrielle
Juillet
Le Poids des ombres
Quelques Adieux
Sans rien ni personne

Marie-Sissi Labrèche
Borderline
La Brèche
La Lune dans un HLM

Dany Laferrière
Je suis un écrivain japonais
Pays sans chapeau
Vers le sud

Robert Lalonde
Des nouvelles d'amis très chers
Espèces en voie de disparition
Le Fou du père
Iotékha'
Le Monde sur le flanc de la truite
Monsieur Bovary ou mourir au théâtre
Où vont les sizerins flammés en été ?
Que vais-je devenir jusqu'à ce que je meure ?
Un jardin entouré de murailles
Le Vacarmeur

Monique LaRue
Copies conformes
De fil en aiguille
La Démarche du crabe
La Gloire de Cassiodore

Rachel Leclerc
Noces de sable
Ruelle Océan
Visions volées

François Lepage
Le Dilemme du prisonnier

Robert Lévesque
Récits bariolés

Alistair MacLeod
La Perte et le Fracas

André Major
L'Esprit vagabond
Histoires de déserteurs
La Vie provisoire

Maya Merrick
Sextant

Stéfani Meunier
Au bout du chemin
Ce n'est pas une façon de dire adieu
Et je te demanderai la mer
L'Étrangère

Christian Mistral
Léon, Coco et Mulligan
Sylvia au bout du rouleau ivre
Vacuum
Valium
Vamp
Vautour

Hélène Monette
Le Blanc des yeux
Il y a quelqu'un ?
Plaisirs et Paysages kitsch
Thérèse pour Joie et Orchestre
Un jardin dans la nuit
Unless

Caroline Montpetit
Tomber du ciel

Lisa Moore
Alligator
Les Chambres nuptiales
Open

Caroline Montpetit
Tomber du ciel

Pierre Morency
Amouraska

Alice Munro
Fugitives

Émile Ollivier
La Brûlerie

Michael Ondaatje
Divisadero
Le Fantôme d'Anil

Véronique Papineau
Petites histoires avec un chat dedans (sauf une)

Daniel Poliquin
L'Écureuil noir
L'Homme de paille
La Kermesse

Monique Proulx
Les Aurores montréales
Champagne
Le cœur est un muscle involontaire
Homme invisible à la fenêtre

Pascale Quiviger
La Maison des temps rompus

Mordecai Richler
Un certain sens du ridicule

Noah Richler
Mon pays, c'est un roman

Yvon Rivard
Le Milieu du jour
Le Siècle de Jeanne
Les Silences du corbeau

Louis-Bernard Robitaille
Le Zoo de Berlin

Alain Roy
Le Grand Respir
L'Impudeur
Quoi mettre dans sa valise ?

Gaétan Soucy
L'Acquittement
Catoblépas
Music-Hall !
La petite fille qui aimait trop les allumettes

France Théoret
Les apparatchiks vont à la mer Noire
Une belle éducation

Miriam Toews
Drôle de tendresse

Lise Tremblay
La Sœur de Judith

Guillaume Vigneault
Carnets de naufrage
Chercher le vent

Imprimé sur du papier 100 % postconsommation,
traité sans chlore, certifié Éco-Logo
et fabriqué dans une usine fonctionnant au biogaz.

MISE EN PAGES ET TYPOGRAPHIE :
LES ÉDITIONS DU BORÉAL

ACHEVÉ D'IMPRIMER EN JANVIER 2009
SUR LES PRESSES DE MARQUIS IMPRIMEUR
À CAP-SAINT-IGNACE (QUÉBEC).